월인정원,
밀밭의 식탁

지은이 이언화

남해의봄날

차례

낯선
밀알 하나

들판에
안기다

‡

구례로 가는 길

가슴 안에는 해질녘 밀밭과 그들의 소리가 있습니다. 5월 화엄사길 아래들, 붉게 물드는 하늘 아래 밀. 스르르 사각사각 사각사각 스르르, 내 가슴도 따라 스르르 사각사각 떨려왔습니다. 주위를 둘러봐도 인기척이라곤 없었습니다. 나지막한 진홍과 청보랏빛 하늘이 끝없이 내려앉아 황금빛 밀들은 오색 왕관을 쓴 듯 찬란하였습니다. 큰 산의 바람이 흘러넘쳐 온통 아름답고 고요한 소리들이 일렁입니다. 나의 마음은 그곳에 머뭅니다. 다시 돌아가고 싶지 않았습니다.

처음 기억 속 세상은 회색입니다. 아마도 동네 담벼락이나 길바닥이 아니었을까 싶어요. 여느 도시 아이처럼 세상의 색을 크레파스로 먼저 배웠습니다. 하늘색, 개나리색, 나무색. 초중고 미술부 특기생으로 지내다 곧바로 미술대학에 갔습니다. 졸업 후 3년 정도는 작품 활동이란 걸 했는데 줄잡아도 15년은 그림만 했어요. 글을 알기 전부터 화가가 꿈이었고 주위에서도 자연스럽게 여긴 나의 길이었습니다.

나면서부터 딱히 건강한 아이는 아니었습니다. 잠시만 돌아서면 숨이 사라져 엄마 김수련은 새벽이고 한낮이고 신발 한 짝만 겨우 끌고 동네 호동병원으로 달려가셨어요. 소녀가 되어서도 체육시간은 힘들기만 했으나, 그림만큼은 집중했습니다. 자습시간에는 학교 뒷동산을 스케치하거나 가끔은 화구를 챙겨 바다나 들로 나갔습니다, 혼자서 야외 미술학교를 다닌 셈입니다. 20대 중반에는 당시 조금씩 알려지던 애플 매킨토시로 포토샵이나 영상 편집 프로그램을 공부했습니다. 캔버스 작업을 영상으로 옮기고 싶었거든요. 그래서 서울의 디지털 애니메이션 작업팀에서 일을 익혔습니다. 멀티미디어, 상호성이라는 유기적 개념에 매료되었어요. 웹프로그래밍 언어와 기능을 독학하며 멀티미디어 CD나 조그만 게임 정도는 재밌게 만들 수 있었습니다. 그림만큼이나 흥미로웠고, 세상 어디에서든 어른으로서 책임져야 할 제 몫의 밥벌이가 가능했습니다. 저는 어디에도 묶이고 싶지 않았거든요.

직장생활이라곤 20대 후반부터 한 컴퓨터아트스쿨에서 멀티미디어 전임 강사로 3년, 바닷가 미술품 경매 회사에서 웹팀장으로 일한 2년이 전부입니다. 그도 건강이 나빠져 더 이상은 해낼 수 없었습니다. 학생들이나 웹작업 자체는 좋았지만 회사와 조직체계는 도무지 적응되지 않았습니다.

이후 결혼을 하고 서울 연신내 신혼집에서 시각디자이너이자 기획 일을 하는 남편과 2인 회사를 차렸습니다. 일의 70% 이상은 돈이 안 되거나 받지 못했습니다만 우리는 작업을 좋아했습니다. 누군가는 해야 할 일이라 생각했고, 다행히 그 재능이 있었습니다. 그래서인지 일은 점점 늘어만 갔습니다. 제게는 직업병도 그만큼 늘었습니다. 오른쪽 팔과 어깨, 목 그리고 왼쪽 다리까지 신경줄을 잡아채는 아픔이었습니다. 목이 머리를 받치지 못할 때는 두 손으로 얼굴을 감싼 채 어디에서든 울음을 참을 수 없었습니다. 6개월쯤 한의, 양의 가리지 않고 침술과 물리치료도 받았지만 도무지 나아지지 않았습니다. 혼자만의 굴레라 할지 말할 수 없이 고통스러웠습니다.

‡

그러던 2002년 5월 17일, 한 프로젝트 홈페이지 작업을 자정에서야 마치고 사이트 오프닝을 겸한 행사를 위해 광주로 내려갔습니다. 지금도 그날의 피로감을 잊을 수 없습니다. 밥물 한 숟가락을 겨우 뜨려는데 팔이 움직이지 않았습니다. 눈물만 났습니다. 새벽 고속버스로 이동해 사람들을 만나고, 밤이 되니 전라도 태생의 선배가 우리를 차에 태워 어디론가 데려갔습니다. 나중에 들으니 '이 친구들은 좀 쉬어야겠다' 생각했답니다. 도착지도 묻지 않았습니다. 어쩌면 우리는, 도망이라도 가고 싶었는지도요. 잠을 못자 몽롱한데 밤은 너무도 길고 깊었습니다. 자다 깨다 흐릿한 눈꺼풀 안으로 반짝, 하나, 둘, 셋… 초록빛이 달려오고 있었습니다. 그 빛깔은 구례였습니다. 나의 가장 아름다운 색, 구례.

🍂 처음 만난 구례

긴장이 다 풀렸는지 처음 뵌 선배의 집에서 세상모르고 잠들었습니다. 깊은 단잠이 참으로 오랜만이었습니다. 깨어난 5월, 구례의 아침은 눈부시게 맑았습니다. 지금 생각하면 선배는 작정했었나 봅니다. 마을마다 예쁜 곳만 데리고 다녔으니까요. 먼저, 마고실마을 사성암에 올랐습니다. 섬진강변 오산의 백제시대 사찰인데 깎아지른 아래로 구례를 굽이도는 섬진강이 은빛 비단실 같았습니다. 사성암에서는 지리산 서쪽 능선을 바라볼 수 있습니다. 제게 그처럼 멀고 크고 높은 것은 처음이었습니다. 이런 풍경을 매일같이 보는 사람들은 어떤 마음일까, 궁금했습니다.

여정은 지리산 정령치, 토지면 오미마을, 문수골과 당치마을의 폐교들, 섬진강 재첩국수, 악양 황금빛 들판으로 이어졌습니다. 때는 밀과 보리가 무

르익는 시간이었습니다. 일렁이는 황금빛 들을 지나 깊은 골짜기 다랑이논
과 피아골 고즈넉한 연곡사에 이르렀습니다. 동그마니 제일 조그만한 부도
탑에 저는 소원 하나를 빌었습니다.

해질녘 구례구역에서 무궁화호를 탔습니다. 11시경 서울역에 도착해 3호
선 지하철까지 10여 분 사이에 만난 인파는 2박 3일간 본 구례 사람보다 몇
겹이나 많았습니다. 이상한 나라의 앨리스가 된 기분이었습니다. 집에 와
서 라면을 나눠 먹고서야 실감이 났답니다. 물론, 그 뒤로도 집에서 일하고
도서관에서 책을 빌리고 가끔 골목 산책을 하고 어쩌다 광화문으로 나가
영화를 보고, 별 탈 없이 살았습니다.

사무실이자 살림집인 우리 집은 친구들 사이에서 '연신내 키친'이라 불렸
습니다. 요리하기를 좋아하는 남편이 밥을 하고 저는 우리밀빵과 케이크를
구웠습니다. 퇴근길에 자주 들르던 친구들과 저녁을 즐기다가 음악을 크게
듣고 싶거나 맥주를 한잔 더 할 때면 한밤중이라도 홍대 앞이나 명륜동 쪽
으로 몰려다녔습니다. 따뜻한 이웃들과 가족, 좋아하는 일이 있는 일상. 그
럼에도 저는, 마음속 깊이 슬픔을 느꼈습니다. 원하는 삶을 살지 않는다는

✝

외로움이었습니다.

⚜ 방랑자의 참치 샌드위치

그즈음 인연 중에 은발의 방랑자, 한 서른 살 많은 선배님이 있었습니다. 그는 국제인권단체 소속으로 활동했습니다. 국가간 분쟁 해결과 통역을 주로 맡으셨어요. 선배님의 세계 모험담은 정말 대단했습니다. 카오산로드의 밤 풍경, 스리랑카 어느 해변에 마련한 마지막 삶의 장소, 특급 호텔 요리사로 일하던 시절 터득한 비법들. 그중 바닷가에서 막 올라온 생물 대게찜이나 참치 샌드위치는 지금도 그리운 그만의 맛입니다. 다정한 사람들과 맛있는 음식을 해 먹으며 들려 주던 온갖 여행기에 가슴이 뛰었습니다.

하루는 선배님이 서울에 오셨습니다. 정동에서 영화를 보고 근처 덕수궁을 산책했습니다. 벤치에 앉아 그동안 꼭 여쭤 보고 싶었던 말을 꺼냈습니다.

"어떻게 하면… 선배님처럼 살 수 있나요? 저도 마음먹은 대로 살고 싶어요. 선배님같이 행복하고 싶은데 그런 건 어떻게 하는 거예요?"

"음… 그러려면 네 자신이 달라져야 하는데 그게 당장은 힘드니까 우선 지금 너의 조건부터 바꿔야 해. 스스로 원하는 삶을 알아내고 그에 맞춰 환경부터 만들어 가는 거야."

그러자 마치 기다렸다는 듯 눈물이 또르르 흘러내렸습니다. 그날 잠들기 전, 어둠 속에서 기도문처럼 되뇌었습니다. 그렇게 하기로 약속한 나를 믿는다고. 밤새 뜨거운 눈물이 뺨을 적셨습니다.

아, 그에게 직접 배운 참치 샌드위치를 소개할게요. 만드는 법도 맛도 최고라 생각합니다.

⚜

✱ 어느 방랑자의 특급 호텔 참치 샌드위치

재료는 참치 한 캔, 셀러리 한두 대, 마요네즈, 식빵 몇 장, 소금과 후추를 준비해요.

하나, 참치를 두 손바닥으로 힘껏 눌러 오일을 최대한 짜내요. 가장 중요합니다.

둘, 손톱 크기만큼 자른 셀러리를 넣고 마요네즈와 고루 섞은 후 소금, 후추로 간을
합니다.

셋, 식빵을 양면 바삭하게 구워 참치 샐러드를 넣어요. 토스터기를 추천합니다.

다른 삶을 원한다면 지금 나의 조건을 바꾸기. 가장 먼저 몸을 튼튼하게 만들자 생각했습니다. 그러면 마음도 따라서 강해질 거라고요. 타고난 체질을 원망하는 허약한 마음부터 바꾸고 싶었습니다. 백일 동안 매일같이 동네 앞산을 오르내렸습니다. 한 가지를 3개월 정도는 해 볼 수 있을 것 같았습니다. 태풍이 와도 눈보라를 맞아도 산등성이를 꼭 열 바퀴씩은 돌았습니다. 보통 한 시간 반이 걸렸어요. 북한산 줄기로 바위산이라 높지는 않아도 제법 험난했습니다. 그렇다고 무섭거나 적적하지는 않았습니다. 크고 작은 나무와 들꽃을 언제나 볼 수 있었고 귓가를 스치는 바람이 나란히 걷는 친구였습니다.

하루는 많이 지쳐 벤치에 누웠습니다. 청회색 하늘과 겨울이라 여윈 나뭇가지들이 프레스코 벽화처럼 펼쳐졌습니다. 그러다 갑자기, 어떤 느낌이 흘러 들어왔습니다. 그리고 몸 아래로 흘러 나갔습니다. 순간이었지만 저를 가득 채우는 너무도 부드럽고 따뜻한 기운이었습니다. 그때서야 알았습니다. 바로 엄마 수련의 사랑이었습니다. 지금의 저는 제 힘으로 잘 있는 게 아니었어요. 어떤 순간에도 그녀의 사랑은 자식을 지키고 있었습니다. 그런데 왜 전 약하다고 생각해 왔을까요. 그래서 세상을 살아갈 만한 힘이 없다고 믿었을까요? 기쁨의 눈물이 흘렀습니다.

🌿 치유의 시간

2003년 이른 봄, 동네 전봇대에서 요가반을 모집하는 벽보를 보았습니다. 체력이 조금씩 붙긴 했지만 그렇다고 일을 안 할 수는 없으니 몸의 통증은 고질이었습니다. 요가가 뭔지 아무것도 몰랐지만 병원 치료는 어떤 효과도 없었기에 뭐라도 시도해 보고 싶었습니다.

동네 허름한 상가, 유도부 관장님 같은 사나이가 저의 첫 요가 선생님이었습니다. 몸집이 그렇게 큰데도 동작은 고요하고 너무도 아름다웠습니다. 일주일에 세 번, 3개월을 빠짐없이 다녔습니다. 신기하게도 고장난 목뼈를 한 달 만에 바로 잡았고 심한 척추측만도 많이 교정이 되어 웃음이 빙글빙글 발걸음도 가벼웠습니다. 세상에! 더는 아프지 않았습니다.

요가의 치유, 진심으로 고마워서 은혜를 갚고 싶었습니다. 그 길은 나도 선생님이 되는 일이었습니다. 엇비슷한 일을 하던 친구들에게도 가르쳐 주고 싶었습니다. 일상의 통증을 낮게 하고 싶었습니다.

1년 뒤, 요가 지도자 과정을 마쳤습니다. 요가 동기들은 전업 강사가 되었지만 저는 역시 프리랜서가 좋았습니다. 당시에도 요가는 생활체육 개념으로 주민 자치 프로그램이나 사회 소외 계층 파견 수업이 많았습니다. 집에서 웹프로그래밍을 하다가도 틈틈이 동사무소나 강당으로 달려갔습니다. 어르신이나 전업주부에게 통증 완화 동작을 알려드리고 한 시간이라도 몸과 마음을 맞춰 가는 일은 늘 보람이었습니다.

그러던 2006년, 집 근처 기지촌의 어느 미혼모 시설에서 산전 산후 요가 수업을 하게 되었습니다. 출산을 앞두거나 아기를 막 품에 안은 10대 소녀들은 저의 가장 슬프고도 사랑스런 친구였습니다. 언젠가는 한 소녀를 열 달 뒤 다시 만나기도 했습니다. 멋쩍은 표정으로 씨익 웃기만 하는 그녀를 그저 꼬옥 안아 주었습니다. 가끔은 배 속의 아기를 출산 뒤 잠시 볼 수 있었습니다. 안녕, 요가 베이비, 인사하면 배 속에서부터 들었던 목소리라 그런지 전혀 낯을 가리지 않았습니다. 이 사회의 가장 어린 엄마들과 태어나서부터 이별하는 아가들. 아주 잠시라도 함께할 수 있어 행복했습니다. 아무

‡

쪼록 우리, 부디 잘 살아 냅시다, 지금도 빌고 있습니다.

◣ 생애 첫 빵

요가는 더구나 요가 선생님이라는 이름은 생활방식이나 습관에서도 많은
변화를 이끌었습니다. 가장 먼저는 정화식으로 바뀐 식단이었습니다. 끼니
야 그리 할 수 있었지만 빵이나 면 음식은 사뭇 고민스러웠습니다. 평생 저
의 아침식사는 토스트와 과일, 커피 한잔 정도로 결혼 뒤에도 달라지지 않
았습니다. 정화식으로 생각하니 수입밀은 도저히 안 되겠다 싶어 100% 우
리밀빵을 찾았지만 어디서도 구할 수 없었습니다. 무엇보다 건강을 생각하
는 홈베이커들도 전량 우리밀빵은 불가능하다는 입장이었습니다. 그렇다
고 포기하고 싶지는 않았습니다.

길이 없으면 되돌아가거나 스스로 길이 되는 수밖에 없습니다. 어떻게 시
작해야 할지 막막한데 때마침 동사무소 주민센터에서 제과제빵반을 모집
중이었습니다. 얼른 신청을 하여 일주일에 두 번씩, 3개월 과정을 마쳤습니
다. 들어가서 보니 자격증반이라 그해 2005년, 제빵기능사 시험에 합격했
습니다. 하지만 우리밀로는 한 번도 빵을 구워 보지 못했습니다. 집에 오븐
비슷한 것도 없었거든요. 한번은 선생님께 우리밀로는 빵을 구울 수 없는
지, 설탕 대신 조청이나 꿀을 넣어도 되는지 여쭤보았는데 "그건 빵이 아니
죠!" 하며 눈이 동그래지셨습니다.

정말 그런걸까? 의문 속에 며칠 뒤, 생애 첫 오븐을 장만하였습니다. 야호!
마침내 홈베이커가 되었습니다. 제일 먼저 우리밀살리기 운동본부에서 우
리밀 두 봉지를 샀습니다. 동사무소에서 배운 대로 동그란 빵(하드롤)을 해

보았는데 웬걸, 시커멓게 탄 돌덩어리 하나가 구워졌습니다. 그래도 너무 기뻤습니다. 어쨌든 내 손으로 첫 우리밀빵을 구웠으니까요. 언젠가는 반드시 먹을 수 있는 빵을 구울 거라 믿었습니다.

100% 우리밀빵 만들기는 백 번 해도 백 번 잘되지 않았습니다. 레시피 하나도 찾을 수 없으니 질문할 수도 없었습니다. 혼자 하나하나 짚어 가며 알아내는 수밖에요.

재택근무 웹디자이너가 요가 선생과 우리밀 홈베이커가 되어 가는 4년 동안 시간은 점점 더 부족했고 더욱 더 간절했습니다. 하루가 사흘이면 좋겠다고, 해도 해도 모자란 공부에 잠을 두세 시간으로 줄였습니다. 그래도 견디고 싶었던 건 눈을 감으면 떠오르던 하나의 꿈 때문이었습니다.

언젠가 처음 만난 구례, 그날 두고 온 마음이 있었던 것입니다. 되찾으러도 가고 싶었습니다. 하지만 이룰 수 없는 꿈이었습니다. 평생을 나고 자란 도시를 벗어난다는 건 상상조차 못 했습니다. 농촌을 실제로 본 것도 대학 농활이 전부였습니다. 그런데 무엇인가가 자라났습니다. 어쩌면 그때 구례 들판에서 밀씨 하나가, 제게 안긴 걸까요?

🐝 밀씨 한 알의 꿈

서울 변두리, 재택근무 웹디자이너 부부의 경제는 해마다 줄어들었습니다. 오르는 물가 속 쳇바퀴를 벗어날 수 없겠구나 싶었습니다. 그러다 어쩌면 지쳐 쓰러지겠구나. 물론, 어디에 살든 다를 것 없겠지만요. 그런데, 어디든 같을 거라면, 여기가 아니라도 되지 않을까 생각했습니다. 이미 우리가 익힌 밥벌이는 인터넷이 연결된다면 어디서든 가능했습니다.

‡

한번도 살아 보지 않은 곳에서 한번도 해보지 않은 일을 하며 새로이 살아 보기. 꿈이라고만 생각했는데 마음속에서는 점점 현실이 되었습니다. 상상 만으로도 즐거웠습니다. 밀밭에서 바로 수확한 밀로 세상에서 가장 신선한 빵을 구워 그 밀의 주인과 이웃에게 돌려드리고 싶었습니다. 평생의 노동 으로 어긋난 몸의 통증도 요가로 덜어드리고 싶었습니다. 내 손으로 끼니 의 대부분을 자급자족할 수 있다면 내게 있는 것으로 내게 없는 것과 바꿀 수 있다면, 그럴 수 있다면 애써 달리느라 더 이상 숨이 차지 않아도 될 것 같았습니다.

봄, 여름, 가을, 겨울을 가까이에서 보고 만지고 냄새 맡고, 어린 짐승들과 식물을 돌보며, 투명한 햇빛도 산의 새벽도 들의 바람도 생에 있어 가장 정 점에 선 순간, 맞이하러 가고 싶었습니다.

•

구례예요.

언젠가 이 글을 쓰게 되리라, 가끔 생각하고 있었지요.

그동안, 친구들을 볼 때 사실은 저 혼자 마음으로 작별인사를 하고 있었어요.

하지만 드러내고 싶진 않았어요. 그렇게 하면 정말 헤어지나 보다, 실감할까 봐요.

그런 마음으로 당신들의 얼굴을 보니 더욱 시간이 깊어졌어요. 그리고 두렵게 빨랐죠.

빵과 쿠키를 못 구워 드린 친구들이 여전히 많은데 마음이 갈수록 급해졌어요.

어제 늦은 오후, 이삿짐을 먼저 떠나보내고 남원행 막차를 탔어요.

우린 며칠 잠을 거의 자지 않아 폐인이 되었어요.

배낭만 하나씩 메고 새벽 두 시가 다 되어 구례까지 택시를 타고 왔어요.

기사아저씨가 말씀하셨죠.

여긴 참 살기 좋은 곳이라고, 그래서 우리들은 서울에선 못 산다고.

좋은 곳이라서, 여길 벗어날 수가 없는 거라고요.

그 대목에서 저희 진심으로 웃을 수밖에요.

아저씨, 우리 이사 왔어요. 오늘요.

아저씨 말씀처럼 그런 이유로요.

좋은 곳이라서, 그래서 살아 보려고요.

아저씨도 순간 말씀이 없으시다가 곧 웃음을 터뜨렸어요.

편지를 쓰는데 날이 다 밝았어요.

한 시간 후면 새 키친을 만날 거예요.

짐만 올려놓으면 푸는 건 며칠이라도 나중에, 급할 거 없어요.

일단 잠을 좀 자고 싶어요. 그래서 꼬박 하루가 지난다 해도 바쁜 일은 없어요.

지금까지와 다른 건, 눈을 뜨면 낯선 하늘 아래 낯선 삶이 시작되는 거죠.

어쩌면 그동안 긴긴 꿈이라도 꾼 걸까요.

몇 날 며칠이 지난다 해도 돌아가지 않을 거예요.

시간이 내 것이라서 가장 위안이 돼요.

또 편지할게요.

2006년 5월 30일

✝

언 땅을
녹이는

밀 싹
하나

구례의 품속

2006년 5월 31일. 구례읍 봉동리, 서울에서 부친 짐이 도착했습니다. 상설 시장과 오일장 근처의 방 두 칸짜리 다가구 주택을 월세로 얻었거든요. 그 런데 사거리 중심지라 자동차 소음에 농기구 소리까지 밤에도 창문을 열 수 없었습니다. 엇, 이게 뭐야? 시골에 왔는데! 하지만 시선이 머무는 곳은 모두 새로웠습니다. 창문을 열면 구름 목도리를 걸친 지리산 노고단이 보 였습니다. 태어나 오일장도 처음, 농기구도 처음, 공터 텃밭도 처음, 보건소 도 처음. 낡고 작고 투박하지만 오랜 손길이 닿았고 숱한 발길이 머무는, 온 정이 깃든 구례였습니다. 자그마하고 나지막한 집들과 대문가에 쪼르르 소 담한 화분들, 꼼꼼한 텃밭들, 읍내 사이를 흐르는 사랑스러운 개울과 나무 다리. 해질녘 읍내를 산책하는 맛이 참으로 좋았습니다.

한 달여에 걸쳐 짐을 풀고 7월부터 읍사무소 요가반에 들어갔습니다. 학생 평균 연령이 70대라서 저는 완전 애기였습니다. 선생님도 60대 초반이셨지 만 체력이나 열정, 친절함의 깊이는 늘 존경스러웠습니다. 두어 달 뒤에는 요가반 보조강사가 되었고 선생님이 멀리 출타라도 하시면 수업을 맡았습 니다. 읍내에 요가학원이 하나 생겨 저녁 수업도 나갔지만 3개월 만에 학생 이 너무 없어 문을 닫았습니다. 그런 중에도 저는 서울로 개인 수련과 워크 숍을 부지런히 다녔습니다. 엄니들에게 도시 부럽지 않은 수업을 해 드리고 싶었거든요. 이 시기 덕분에 구례 토박이 엄니들과 할머니들을 많이 알게 되었습니다. 읍에서 가장 오래된 중국집, 세탁소 옷수선집, 오일장 건어물집, 과일집 엄니들입니다. 소문을 듣고 면 단위에서도 많이 오셨는데 평생을 따라다닌 통증 때문이었습니다. 요가를 배우고 익히고 그리고 집중했던 것도 일상의 아픔을 덜어 내기 위해서였습니다. 일하는 사람의 요가는 나의 평화였습니다.

한 해를 지나 공터 텃밭에 심은 허브들이 생애 첫 꽃을 피우기 시작했습니다! 불면 날아갈까 연약했던 캐모마일의 흰꽃, 한 줌도 안 되었던 코튼라벤더가 피워 올린 귀여운 노란꽃, 실낱 같았던 로즈메리도 강해지고요. 화분에서 땅으로, 그리 한 1년 큰비와 큰 눈과 큰바람을, 그리고 시도 때도 없는 뙤약볕까지도 모두모두 겪고 야생성을 되살립니다. 땅에 뿌리내린 허브들을 보며 '어쩌면 우리 또한…' 하는 생각을 했습니다.

🍂 야생 산나물 채집기

마을, 풋풋한 매실의 소년기, 비상하는 밀의 청년기, 숲, 몽글몽글, 도토리 아가들. 곳곳에서 게으름도 없이 영글어 갔습니다. 4월의 끝물. 새침한 들꽃도 젊고 함박웃음 사랑스런 망개잎. 두릅나무에 새잎이 돋으면 가시에 찔려가면서도 첫순을 토옥, 꺾으면 물기도 여려 그만 툭, 떨어집니다. 제왕의 위엄, 야생두릅에 반해 버렸습니다. 숲에서의 첫 채취 활동! 취나물 다발 속의 진달래도 화사하고요. 우거진 풀숲 사이사이, 어느 틈에 오뚝오뚝 서 있는 고사리 순을 톡 분지르면 짙고 끈적한 향즙이 배어납니다.

"봄이면, 나물을 뜯어 올게."

"그러면, 맛있게 만들어 줄게."

어느 날 구례에 날아든 부부 공작단의 밥상 대화입니다. '사랑해'라는 말보다 뭉클했습니다.

•

바삐 몇 자 올립니다.

제때 태어나고 자라고 사라지는 봄의 흐름과 박력에 온통 집중해 있습니다.

요즘 저는 나물 노동자라 할까요. 산에 출근할 땐 도시락도 챙겨 갑니다.

전날 구운 통밀 파니니와 어제 만든 모차렐라 치즈도 넣고요. 이맘때 산책길에 조금씩 따는 녹차 새순은 1년 내내 차로 끓여 마십니다.

한참 일하다 허기져 점심을 차려 봅니다. 가정식 녹차 한잔에 미리 채소 자리를 비워 둔 샌드위치 하나. 봄이면 살짝쿵 찾아가는 야생두릅도 막 땄으니까요.

생치즈와 두릅을 넣은 샌드위치, 하도 아삭하고 향기로워 서둘러 먹고 싶습니다.

'그'에게 찾아드는 숲길. 촉촉이 오시는 비의 손길. 앳된 취나물의 숨결. 혼자 슬프고 혼자 아프고 혼자 화가 났어도 그런 제게도 한결같이 낮은 목소리로 '참으로 잘 왔구나, 너는 내게로' 속삭이는 개울의 자리.

2010년 4월 29일

봄나물 베이글

봄이 다해갑니다. 오늘 아침 숲길에서 딴 고사리와 이제는 흙으로 들어가 버린 텃밭의 달래 몇 줄기와 그래도 아직은 피고 지는 하얀 민들레 몇 송이를 거둬왔습니다. 봄나물 베이글을 위해서예요. 곧 어린 여름이 뜀뛰듯 올 것입니다. 더군다나 오늘의 베이글은 봄나물을 두른 한 해 한 철뿐인 제철 베이글이에요.

봄꽃은 대부분 독성이 없어서 먹을 수 있습니다. 제비꽃은 달콤하고 풋내가 없어 쉽게 먹을 만합니다. 토종 하얀 민들레가 보이면 쓰지만 구하기 힘드니 노란 민들레도 좋습니다. 유채꽃은 배추, 무, 열무, 갓 등의 뿌리채소 꽃입니다. 냉이꽃은 특유의 향이 있으니 잘 맡아 보고 선택하세요. 머핀에 넣으면 식감이 오돌오돌 재미있어요.

그밖에 매화, 살구꽃, 산수유, 이팝나무꽃, 복숭아꽃, 자두꽃, 앵두꽃, 생강꽃, 금잔화, 호박꽃(여름꽃이지만) 등등. 열매를 먹을 수 있다면 꽃도 거의 먹을 수 있습니다. 보통은 차로 즐기지만 조금이라면 생식도 괜찮아요. 단, 꽃가루 알레르기가 있을 수 있으니 가능한 꽃술은 떼어 줍니다. 그리고 한 번에 지나치지 않게 섭취량을 조절합니다. 자연 재료를 구할 때는 오염이 없고 안전한 채취 환경이 무엇보다 중요합니다.

봄빛 한 접시,
유채꽃 파스타

유채꽃의 싱그러움, 파스타의 씹는 맛, 소스의 산뜻함이 마치 무르익은 봄빛이라도 맛보는 듯 놀랍습니다. 파스타는 너무 익히지 말고 심이 약간은 씹히는 정도로, 유채꽃도 넣자마자 바로 건져 찬물에 식힌 뒤 물기를 빼둡니다. 제철 당근도 뽑아 잎을 조금 뜯어 넣었어요. 당근 잎은 비타민C의 보고로 파슬리처럼 쓸 수 있습니다.

❀❀❀ 재료를 준비합니다
유채꽃은 꽃에서 줄기까지 5-6cm 정도 길이로 자르고, 파스타 면도 올리브 오일에 버무려 둡니다. 양파만 얇게 썰어 물에 담가 매운맛을 빼고 체에 받쳐 둡니다. 소스에는 마요네즈, 겨자, 식초, 소금, 후추, 취향에 따라 꿀 조금이 필요합니다.

❀❀❀ 만드는 방법입니다
먼저 소스를 준비합니다. 마요네즈에 (입맛에 따라) 겨자를 조금 섞고 식초 한두 방울, 그리고 꿀 조금, 마지막으로 후추를 갈아 넣습니다.
유채꽃은 살살 씻어 파스타 면을 삶은 물에 살큼 데쳤다 건집니다. 곧바로 찬물에 식히고 얼른 건져 마른 행주에 올려 둡니다.
면과 양파, 소스를 한데 넣어 가볍게 버무리고 그릇에 담아 유채꽃을 소복이 올립니다. 쨍하고도 따뜻한 봄의 맛.

‡

진달래
막걸리 빚기

시골에 살게 되면 진달래술을 한 번이라도 빚어 보고 싶었습니다. 술 효모와 빵 효모는 호환되거든요. 술은 빵을 발효시키고 빵은 술을 빚을 수 있답니다. 고대 이집트인들은 남은 빵을 발효하여 마셨습니다. 빵 조각에 물을 섞고 알갱이는 골라낸 뒤 남은 액체를 항아리에서 자연발효한 음료가 '맥주'였습니다. 포도주도 마찬가지입니다. 재배한 포도의 즙을 짜내어 술을 만들었는데 맥주는 서민이, 포도주는 상류층에서 즐겼다고 합니다. 효모빵의 기원도 이로부터 왔으리라 짐작합니다. 그래서 언젠가는 저도, 빵과 술의 순환을 시작해 보고 싶었습니다. 마침내 그날이 왔습니다.

지리산 깊은 숲속 곳곳에 투명한 연분홍빛 진달래가 피어났습니다. 맘을 먹고 나선 채집이라 물과 빵 한 조각과 가방을 메고 그동안 봐 두었던 군락지를 누볐습니다. 한군데서 많이 따고 싶지는 않았습니다. 그럼에도 나무에게 너무 미안해서 "한 해 하루만 봐 주세요" 변명하며 한 송이 한 송이마다 조심조심했습니다. 나비 날개보다 얇고 아름다운 꽃잎은 숲속 바람과 새들의 노래로 떨리고 있었습니다. 태어나 그처럼 어여쁜 꽃들도 처음이었습니다. 해가 지는 줄도 몰랐는데 한기가 느껴져 꽃 가방을 보듬고 서둘러 돌아왔습니다. 그동안 집에서는 저를 찾느라 대소동이 있었답니다. 가족과 꽃들에게 하루 종일 미안한 날이었습니다. 아직도 부끄럽지만 잊지 않고자 기록해 봅니다.

✝

44

❀❀ 진달래 막걸리 재료입니다

쌀 3kg이면 누룩은 300g으로 1:10의 비율로 준비합니다. 물 4.5 ℓ , 효모(드라이
이스트) 3g도 준비해 주세요.

❀❀ 막걸리 만드는 방법입니다

누룩은 쌀의 10%, 물은 150%로 담그면 약 16%의 술이 만들어집니다. 먼저 쌀을
깨끗이 씻어서 2-3시간 불리고 약 1시간 물기를 뺍니다. 찜통에 천을 깔고 고슬고
슬 고두밥을 짓습니다. 보통 40-60분 정도면 됩니다. 찐 고두밥은 넓게 펼쳐 식히
고 누룩을 넣어 조물조물 잘 섞어 줍니다. 물을 넣고 여기에 약간의 효모를 넣거나
생막걸리를 넣어도 발효에 도움이 됩니다. 용기에 넣을 때 발효에 필요한 공간을
남겨 두고 60-70%만 채워 뚜껑을 닫아 잘 밀봉합니다. 진달래술을 담글 땐 누룩
밥과 진달래꽃을 용기에 번갈아 켜켜이 넣고 물을 부어 줍니다.

1 발효 2일째, 효모가 활발합니다. **2** 발효 6일째, 뽀얀 쌀액이 우러나며 뚜껑을 열 때 강한 압력과 파열음, 들여다보면 얼굴에 거품이 튀고 소리도 보글보글 요란합니다. **3** 발효 9일째, 꽃잎이 녹아 스며든 향기가 맑고 깊습니다. 발효 소리도 좀 더 섬세하고 풍부합니다. 그동안 꽃샘추위로 실온이 낮아 발효 종점이 좀 더뎠습니다. 보통은 6-7일 정도면 됩니다. **4** 열탕 소독한 병에 담으면 완성! 순정한 쌀의 정기로 손수 빚는, 해맑은 우리 술입니다.

••

직접 술을 빚는 게 번거롭다면 보다 간단한 방법도 있습니다.

진달래꽃 맑은술 담기

진달래를 살큼 씻어 그늘에 하루 이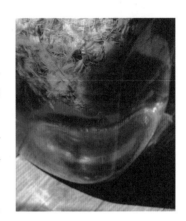
틀 보송보송 말려 물기를 거둡니다.
꽃술을 떼어 내고 꽃과 소주를 1:3
정도로 하여 담급니다. 설탕을 넣기
도 합니다만 진달래만으로도 달콤
할 듯해서 저는 넣지 않았습니다. 꽃
은 3개월 뒤 건져 냅니다. 이때부터
마실 수 있지만 2-3개월 숙성시키면
맛과 향이 더욱 깊습니다.

진달래꽃 탁한 술 빚기

탁주를 빚을 때는 막걸리에 진달래를 취향껏 넣어 약 일주일에서 열흘
간 발효합니다. 면포에 걸러 내고 살균소독한 병에 넣어 시원하게 보관
합니다. 하루 이틀 지나면 맑은 층과 침전물이 생기는데 이것이 청주와
탁주 원액이 되는 셈입니다. 청주는 살짝 따라 약술을 담가도 좋고 아래
층 원액은 1:1 비율로 물을 타서 마십니다.

무반죽
막걸리빵

서양에선 어제 남은 반죽을 오늘 반죽에 넣어 빵을 구웠습니다. 우리나라에선 그날 남은 밥으로 막걸리를 담그고 익으면 술빵을 쪘습니다. 그리 보자면 밀의 운명은 동서양이 같았습니다. 바로 빵이 되는 길이에요. 빵은 기후 조건에 따라 굽거나 찌는 식문화로 달라졌습니다. 물론, 최초의 발효빵은 천연 효모빵이었습니다. 무르익은 과일이나 발효한 곡물액이 우연히 신선한 밀가루와 섞여 부풀었으리라 싶어요. 이를 신기하게 여긴 첫 제빵사가 나타났으리라 상상해 봅니다. 불을 이용할 수 있었던 고대인이 그러했듯이요. (고대 이집트인이 발효빵을 구웠던 최초의 사람들로 기록에 남아 있습니다. 도시 곳곳에 공동 제빵소도 만들었답니다.)

오늘날 우리도 최초의 빵을 구워 보려면 두 가지 재료만 있으면 됩니다. 바로, 신선한 밀가루와 발효액이에요. 그런데 집에서 발효액을 만드는 건 사실 쉬운 일이 아닙니다. 짐작하다시피 '발효를 아는 일'은 까다롭거든요. 하지만 다소 빠르고 단순히 풀어 볼 만한 방법이 있긴 합니다. 늘 준비된 신선한 발효액, 막걸리! (서양으로 보자면 맥주로도 빵을 구울 수 있어요.) 그렇죠. 막걸리는 도시의 마트든 시골의 점방이든 어디서든 구할 수 있으니까요. 잘 구워진 막걸리빵은 술맛 대신 곡물빵 특유의 구수함과 담백함이 특징이랍니다.

☼

먼저 재료를 알아보아요

우리밀 강력분 100g, 생막걸리 85g, 소금 1.5g을 준비하면 약 180g 반죽 1개가 나오는데, 190~210℃에서 20~30분 구워 주세요.

빵을 부풀릴 수 있는 막걸리 종류와 빵 만들기를 살펴보아요

보통 막걸리는 효모의 활성에 따라 살균 막걸리와 생막걸리로 나눕니다. 효모가 살아 있어야 반죽을 부풀릴 수 있으니 생효모 막걸리만 가능합니다. 요즘은 막걸

리도 사람들 입맛에 따라 다양하니 신선한 막걸리를 구하면 살짝 한 모금만 해 보세요. 기호에 맞는 막걸리여야 빵을 구웠을 때도 맛있습니다. 가능하면 당과 탄산이 약하고 순한 막걸리가 식사용 빵에 어울립니다.

다음으로 반죽할 때 막걸리 온도는 몸의 온기 정도로 데워 주는 게 좋아요. 이제 밀가루, 소금, 설탕 등을 넣고 골고루 섞습니다. 이스트가 없어도 되니 정말 편하답니다. 비닐봉지에 그릇째 넣고 실온에 둡니다. (평균 15℃ 겨울은 20-24시간, 평균 27℃ 여름은 보통 8-12시간을 기준으로 발효합니다. 생각날 때마다 반죽의 위아래를 뒤섞어 주면 좋아요.)

반죽이 윤기 나며 비칠 듯 얇아지고 전체적으로 크고 작은 공기집이 만들어지면 1차 발효를 마칩니다. 이때 부피는 약 2배 가까이 부풉니다.

주걱이나 손에 덧가루를 충분히 묻혀 반죽을 좌우로 접고 위아래로도 접어줍니다. 뒤집어엎고 40-90분 정도 2차 발효를 하는데, 부피는 약 1.5배 가까이 부풉니다. (여름은 40-50분, 겨울은 80-90분) 밀가루를 뿌린 캔버스 천 위에 엎어 두면 윗면에 자연스런 무늬가 생겨 더 예쁘답니다.

보통 반죽 모양을 잡고 예열을 시작해서 오븐 온도가 올라오는 30분 뒤 바로 구워도 됩니다만, 자연 발효라 상태를 보며 10여분 더 두는 게 낫습니다. 190-210℃로 예열한 오븐에서 20분 안팎으로 굽습니다. 손바닥 길이 정도라서 반죽양이 200g을 넘는다면 굽는 시간도 10여 분 더 늘려야 합니다.

가장 중요한 한 가지! 모든 빵 만들기의 1, 2차 발효 종점은 발효 시간보다 발효 상태를 봅니다. 집에서 굽는 우리밀빵은 시간보다 부피 변화로 확인합니다.

파니니 神행

파니니를 만들어 친구들과 소풍을 갔습니다. 속 깊은 산 속, 홀로 거대한 나무노인을 뵙기 위해. 땅에서 하늘로 솟구치며 수백 년이라도 거듭나는 나무神입니다. 오랜 아이들이 오랜 나무의 팔에 야호, 매달리며 날아오릅니다. 기쁨이 되어.

앵두 서리

마을 친구들과 앵두를 따러 갔습니다. 녹슨 철문을 밀고 조심스레 들어서
니 와아, 처음 본 앵두나무는 꿈처럼 아름다웠습니다. 달콤하고 부드러운
과즙을 충분히 맛보려면 한입에 열 알은 넣고 우물거려야 합니다. 씨앗이
거의 열매만 하거든요. 주인의 허락도 받은 터라 이날만큼은 있는 대로 따
보자 했어요. 하지만 나무에 올라가 한 알 한 알 따기란 생각보다 어려웠어
요. 손을 탄 앵두는 금세 물러졌거
든요. 그래도 한 바구니씩 채워 왔습
니다. 아이코, 세상에서 가장 맛있는
앵두였어요.

🦋 사랑스런 앵두 타르트

앵두의 씨를 빼줍니다. 설탕을 앵두 무게의 30% 정도 넣고 버무려 줍니다.
약 1시간쯤 절여 약한 불에서 천천히 졸여 줍니다. 수분이 없어지고 쫀득한
식감이 생기면 초벌로 구운 타르트지에 가득 채워 굽습니다. 완전히 식힌
뒤 잘라야 으스러지지 않고 깔끔합니다. 만들기는 참으로 수고스럽지만 한
입마다 앵두알이 송알송알, 너무도 사랑스러운 제철 타르트입니다.

앵두 액종과
천연 효모빵

열탕소독한 병에 앵두를 60% 가량 담고 물은 70% 정도, 충분히 잠길 만큼
부은 뒤에 뚜껑을 닫습니다. 하루에 한두 번 뚜껑을 열어 새로운 공기도 넣
어 주고 흔들어 줍니다. 발효가 일어나면 기포가 생기면서 앵두 빛으로 물
들어요. 뚜껑을 열면 '퐁!' 하고 앵두가 윗면으로 떠오르며 미세한 거품이
보글보글합니다. 면보에 밭쳐 액만 거르면, 야생 효모 액종이 완성됩니다.
6월 초중순 날씨로 사나흘이 필요해요. 액종만으로도 빵 발효를 할 수 있지
만 발효액을 건강하게 키워야 반죽도 잘 부풉니다. 많은 경험이 필요하니
우선은 우리밀 효모종, 없으면 이스트를 조금 섞어 구울 수 있습니다.

❀❀❀ 앵두 액종 천연 효모빵 재료입니다
우리밀 강력분 200g, 앵두 액종 150g, 우리밀 효모종 30g (없으면 인스턴트 이스
트 1g), 소금 2g

❀❀❀ 만들어 볼까요
앵두 액종에 밀 효모종을 풀고 우리밀 강력분도 넣어 고루 섞습니다. 윗면이 마르
지 않게 하여 약 30분 쉬게 합니다. 그리고 고운 소금을 넣고 조물조물 섞어 줍니
다. 약 2배 가까이 부풀면 가볍게 사방으로 접어주기 합니다. 20분 간격으로 2-3
회 사방 접기 하여 한 덩어리로 만듭니다. 윗면이 마르지 않게 하여 약 1.5배 부풀
면 오븐팬에 올려 210℃로 예열한 오븐에 25분 전후로 굽습니다.
달콤한 앵두향이 솔솔 나는 여린 분홍빛 천연 효모빵 완성입니다.

✝

베이킹에 좋은 앵두술

앵두를 병에 담고 과실주용 소주를 앵두 높이의 두 배 정도 부어 줍니다. 백일 뒤에 앵두 알갱이를 걸러 줍니다. 진홍빛이 고운 앵두술은 케이크를 만들 때 조금씩 넣는답니다. 달걀 잡내를 말끔히 걷어 주거든요.

수련이 원한 더 나은 삶

읍내살이가 시작되고 1년 뒤, 엄마 김수련이 부산을 떠나 구례로 왔습니다. 우리 집들이 오셨다가 본 오일장이 평생 첫 시골장인 그녀입니다. 도시로 돌아간 엄마는 어느 날 어렵게 말을 꺼냈습니다.

"이 얘긴 평생 묻어두려 했는데… 남은 생은 네 곁에서 강아지들과 지내고 싶어. 짐이 될 건데, 그래서 그동안 말 못 했어. 그런데도….'

"엄마. 살고 싶은 데 살아요! 그게 왜 짐이에요? 그렇게 해요!"

"정말? 그게 가능할까? 내가? 이제서? 나도?"

"너무 늦은 때라곤 없어요. 지금이라도 할 수 있다면. 이제 남은 생은 바라는 대로 엄마 자신을 위해 살아요."

이삿날엔 짜장면 대신 마을 입구, 화엄사 가는 길에서 산채비빔밥을 먹었습니다. 고생스런 빈집 수리를 마치고 도시로 돌아가는 남동생은 엄마를 한참 안고 그러다가 그만 울고 저도 울고 엄마도 울었지만 그래도 수련이 원한 더 나은 삶입니다.

엄마의 방은 대숲에 일렁이는 새소리, 첫새벽이면 출렁이는 대나무 향기에 잠이 깹니다. 그 어여쁜 새벽의 소리와 향기. 부엌 창문 밖으로도 감나무를 보고 안방과 마주한 화장실 문 밖에도 감나무가 같이 살고 꽃이 떨어지면 들의 것을 조금씩 꺾어 옵니다. 그녀는 5시면 일어나 마당을 손보는데 호미도 처음인데다 벌레가 무서워 토시에 장화까지 신고 새벽 텃밭을 만납니다. 그래도 엄마는 아직도 꿈만 같다고 하십니다.

"언화야. 간절하면 이뤄진대. 너무도 원하면 이뤄진대. 그렇잖아?"

🦋 수련의 유부초밥

수련은 유부초밥을 잘 만드십니다. 칠순의 여름 어느 날 "유부초밥, 너도 할 수 있어야 하지 않을까." 그런 말씀은 처음이었습니다. 딸은 엄마의 마음을 따릅니다. 그리고 엄마를 여읜 벗들에게도 유부초밥을 전합니다.

유부초밥, 처음 수련에게는 또 어찌 전해졌을까요?

그녀의 엄마는 북청색 치마가 잘 어울리는 생긋한 미인이셨대요. 하도 아름다워 멀리서도 보러 오는 사람들이 많았다 합니다. 아버지는 만주에서 광산 일을 하다가 탄광이 무너져 돌아가셨어요. 그 충격에 엄마도 시름시름 앓다가 몇 개월 뒤 돌아가셨다고요. 언니, 오빠는 부모님 얼굴이라도 기억하지만 서너 살배기 수련은 갸름한 엄마 윤곽만 얼핏 떠오르신대요. 그비보에 수련의 할머니와 작은아버지가 달려와 삼남매를 고향으로 데려갔어요. 작은 아버지 댁에도 사촌이 사남매나 있어 대식구를 이루었죠. 가뜩이나 힘든 살림이라 수련은 알아서 애기들 보고 부엌일 하며 잔뼈 마디마디가 굵어 갔습니다. 일고여덟 살 무렵, 국민학교에 들어가 일본어를 배웠는데 동네에 일본인 부부가 살았대요. 가끔은 피아노 소리가 들리고 예쁜 정원도 있는 그 집이 어린 수련은 그리도 좋았답니다. 어느 날 친구와 지나가는데 마침 정원에 있던, 얼굴이 희고 갸름한 일본인 부인이 그녀들을 불렸습니다. 그리곤 생긋이 웃으며 식탁에 앉힌 뒤 유부초밥을 주셨답니다. '당근과 우엉이 총총. 얼마나 예쁘던지! 어찌나 맛있던지!' 초롱초롱 수련의 눈이 아기 같아졌습니다. 그러다 이내 말씀이 없어지시네요. 어쩌면 그 일본인 부인은 얼굴도 기억 못하는 엄마 같은, 어린아이가 처음 먹어 본 '엄마의 유부초밥'이 아니었을까요.

"엄마, 엄마! 그래서 어떻게 됐어? 그 부인 말이야."

"응, 해방이 되어 돌아갔어. 그 집엔 아무도 없었어. 자, 잘 봐. 이렇게 말이야. 근데 사진은 왜 찍어?"

"이렇게 해야 기억을 잘하지. 나도 하고 친구들도 따라 하고."

🍃🍂 **일본인 부인에게 배운 수련의 유부초밥 만드는 순서**

하나, 먼저 생유부를 대각선으로 잘라 세모꼴로 만듭니다.

둘, 유부가 어느 정도 잠길 만큼 물을 넣고 보글보글 끓으면 물을 다 따라내어 기름을 뺍니다.

셋, 그래도 유부 주머니엔 물이 담겨 있으니 그대로 간을 하고 뒤적이며 물기를 거의 거둡니다.

넷, 간은 식초, 설탕, 소금으로 하는데 간장은 선택 사항입니다. 유부색을 조금 어둡게 내고 싶으면 간장을 아주 조금만 넣어요. 단, 모든 간은 약하다 싶을 정도로만 합니다!

다섯, 당근은 채 썰고,

여섯, 간장과 설탕으로 간을 하여 사근사근 씹는 맛이 있게 살큼 졸여서,

일곱, 곱게 다져요.

여덟, 우엉도 같은 과정으로 준비합니다.

아홉, 식히는 동안 쪼그라든 유부를 반듯하게 펴 줘요.

☦

열, 고슬고슬한 밥에 참기름과 깨소금, 당근과 우엉을 넣고 밥알이 뭉개지지 않게 보슬보슬 잘 섞어요. 먹어 봐서 심심하다 싶을 정도면 간이 잘 맞아요. 나중에 졸여 둔 유부에 넣을 테니까요.

열하나, 주먹 안에 소로시 폭 싸일 만큼 갸름하고도 빈약하지 않게 뭉쳐 놓고요,

열둘, 유부 안에 넣어 줘요. 여기서 수련의 팁 한 가지는, 유부 두 귀퉁이에 미리 작은 밥 뭉치를 넣어주는 거예요. 귀퉁이가 채워진 상태니까 주먹밥을 넣으면 가운데 등 부분이 살짝 통통하니 건강해 보여요. 왠지 새초롬하고.

어느 재료 하나 튀지 않아 은은한데 사근사근 사각사각 씹히는 당근과 우엉의 경쾌함, 먹을수록 맛있답니다. 어릴 적 소풍이나 운동회 땐 늘 유부초밥! 당시만 해도 엄마들이 잘 하지 않아서 전교에서도 거의 우리 삼남매만 유부초밥 도시락이었어요. 가끔은 그 옆에 하트 모양으로 김밥도 말아주셨고요. 엄마의 도시락은 늘 인기 만점! 수련은 엄마 없이 자랐지만요.

민들레
쿠키 소풍

봄 즈음에 최고의 발견이라 할 만큼 맛난 민들레 쿠키는 두 가지 배합으로 구웠습니다. 밀과 유제품 알레르기가 있는 사람 또는 채식인을 위한 보리 오일 쿠키와 역시 우유나 달걀은 없지만 버터를 배합한 통밀 쿠키입니다. 자연 재료에는 저마다의 독특한 힘 또는 정서가 있다 싶어요.

❀❀❀ 채식인을 위한 민들레 보리 쿠키 재료입니다
보리 가루 100g, 소금 1g, 비정제 설탕 30g, 오일 15g, 물 40g, 말린 민들레 20g, 민들레 가루 3g(없으면 생략), 베이킹파우더 2g

❀❀❀ 만드는 방법이에요
물에 얼른 씻어 건져 올린 민들레는 물기가 가시면 다지거나 통째로 준비합니다. 오븐은 170℃로 예열합니다. 오일에 설탕을 넣고 거품기로 풀어준 뒤 민들레 가루

와 보리 가루, 베이킹파우더를 체 쳐 넣고 가볍게 섞어요. 다진 민들레를 넣고 뒤섞다가 물을 넣고 재료들이 겉돌지 않게 섞는데, 이때 흰 가루가 조금 보이더라도 반죽 횟수가 많아지지 않게 합니다. 반죽을 비슷한 크기로 팬에 나눠 올리고 모양을 잡아 15분 전후로 구워요. 도중에 색이 일찍 나면 유산지 등을 덮고 바삭할 정도로 구워 주세요.

❦❦❦ 버터가 더해진 민들레 통밀 쿠키 재료랍니다

우리밀 통밀가루 100g, 소금 1g, 비정제 설탕 30g, 버터 25g, 찬물 50g, 말린 민들레 20g, 베이킹파우더 2g

❦❦❦ 만드는 방법입니다

반죽을 냉동 보관하면 언제든지 바로 구울 수 있어 좋습니다. 먼저 우리밀 통밀가루와 베이킹파우더, 소금, 설탕을 한 번에 체 쳐 넣습니다. 차가운 버터를 넣고 스크레이퍼나 포크로 빠르게 다집니다. 부슬부슬 가루에 뒤섞으며 버터가 콩알만큼 작아지면 민들레를 넣고 가볍게 섞다가 물을 넣고 한 덩어리로 섞일 만큼 뭉쳐 주세요. 비닐팩에 넣고 원기둥 모양으로 굴려 냉동실에 넣습니다. 서너 시간 뒤에는 구울 수 있어요. 참, 다 쓴 호일이나 키친타월 심지 안에 반죽을 넣고 굴리면 간편해요. 쿠키를 구울 때는 냉동실에서 꺼낸 직후 0.5cm 정도로 얇게 재빨리 잘라요. 170℃로 예열한 오븐에서 15분 전후 타지 않게 굽습니다. 버터가 들어가면 식감이 바삭하고 고소하며 향이 좋습니다. 민들레의 쌉쌀하고 달콤하며 조금은 짭짤한 맛이 한층 돋보인답니다. 말린 민들레 대신 신선한 민들레라면 40g 이상을 넣습니다.

생강의 촉, 그리고 봄밥

생강의 촉, 식물의 촉은 싹이라 합니다. 사람의 촉은 느낌이라 할까요. 비소식을 앞둔 장날 씨생강을 오천 원어치 샀습니다. 생강을 심을 때는 촉이 난 데로 톡톡 쪼개어 줍니다. 밭에 야트막하게 한 줄로 골을 내어 줘요. 사이사이 간격은 손바닥 하나 정도면 되지요.

수련의 으뜸 농사 선생인 뒷집 할매 말씀에 "생강이는 그냥 아무데나 잘 자라고 그냥 막 심어도 된다." 정말 할매는 농사에 관해선 모르는 게 하나도 없습니다. 텃밭에 뭐라도 심을라치면 어디선가 슬며시 나타나 가르침을 주십니다. 옆에 이탈리안 파슬리 촉들을 보시고 "저어기, 양나무는 무엇이여?", "아, 우리 딸이 하는 파슬리라는 건데요." 이렇게 양나무도 알아내시고는 "심으면은 위에로 짚을 덮어 주는 게 좋다" 하시네요. 그러자 비가 한 방울 두 방울씩 내려옵니다. 여럿으로 나뉜 생강에 천천히 촉촉하니 스며들어 좋았습니다.

위로 감나무 옆에도 초보 살구나무의 촉. 작년에 나무의 생애 첫 살구를 세 개 따 먹었는데 정신없이 맛있었어요! 아무쪼록 올해는 좀 더 부탁드립니다.

🍃 수련의 봄나물 데치기

머위와 고사리, 두릅, 참나물 첫순, 얼른 먹을 봄나물은 너무 연하니까 끓는
물에 소금을 조금 넣고 젓가락으로 몇 번 뒤척뒤척한 뒤 건져 올립니다. 그
러고는 채반에 허술하게 담는데 가운데 숨구멍 길을 내어 줍니다. 건져 낸
두릅을 찬물에 헹구지 않고 그대로 식히면 갇힌 열기에 물기가 걷히며 보
송보송 사각사각 거린답니다. 향도 더욱 짙어지고요.

첫해 첫 봄나물을 해왔을 때 고사리가 원래 연두색이란 것도 그때 알았는
데요, 달래장까지 봄밥 한 상을 차렸습니다. 햇나물밥은 시골사람에게도
귀한 밥상입니다. 풍요로운 삶이 다 자연 덕분입니다. 부디 건강히. 숲과 들
의 선물을 잊지 않겠습니다.

봄날의 식빵, 고양이

빵긋, 3월의 빵식탁

먼 곳으로 와

오래 기다리다 지친 당신

우리 나란히 앉아

근원에서 받은 빵을 함께 나눠

굶주림을 끝내자

그런 다음 나란히 서서

생각과 영혼을 서로 나눠

우정과 평화와 화합으로

다시 모이자.

– 캐나다 소수 부족의 오래된 기도문 '환영'

처음엔 그저 물, 소금, 밀, 효모가 사람의 손에서 살살 반죽이 되어요. 온기
로 소르르 쑥쑥 자라나더니 반죽은 그대로 머물지 않겠다며 빵이 되려는
간절한 꿈을 품어요. 황금빛으로 반짝이며 무르익어 간 들에서의 시간을
한숨도 잊지 않았다고요. 그래서 먹을 수 없는 반죽이 기꺼이 되었죠. 그리
고 마침내 생명을 살리는 빵이 되죠. 나는, 일생을 건 도약의 불길을 잠시도
두려워하지 않아요. 내 이름은 우리밀빵.

우리밀빵 만들기는 빵식탁을 나누며 순환합니다. 빵을 배우고 익히는 것도 바로 이 시간을 누리기 위해서지요. 한마을에 모여 다듬고 만들며 안도감과 평화, 체온을 느낍니다.

빵굿은 여행자와 나누는 월인정원의 빵식탁입니다. 자연스럽게 생기고 사라지는 일을, 오고 가는 일을 그 무엇으로도 막을 수 없듯이 빵의 식탁도 자연스럽습니다. 단지 그날 구워진 빵과 먹을 것을 그날 깃든 이들이 나눕니다. 그 달에, 그 주에 머문 가장 좋고 귀한 재료로 할 수 있는 만큼의 빵과 먹거리를 만들어요. 빵굿 전날에는 우리밀빵 선생님들의 외부 특강도 열리기에 토요일 정오까지 실습하고 빵식탁에 함께할 빵들도 굽습니다.

빵굿은 오일장처럼 그때 그때 커졌다 작아졌다 스스로 변합니다. 어떤 달엔 7명, 햇밀 달엔 100여 명, 마지막 달엔 50여 명이었습니다. 여행자가 7명인 달에는 여분의 스튜와 치즈와 빵을 두둑이 싸 드릴 수 있었습니다. 오붓하게 둘러앉아 서로의 이야기를 깊이 나누었습니다. 100명의 빵굿은 개미 손이라도 빌리고 싶을 만큼 어마어마한 집중력과 순발력이 필요했습니다. 빵 나눠 먹기는 5분만에 끝났고요! 빵 부스러기 하나라도 나눠 먹었습니다. 그래도 좋았습니다. 그래서 좋았고요. 있으면 있는 대로 없으면 없는 대로 단 한 번도 부족하거나 넘치지 않았습니다. 매사가 딱 알맞았습니다. 빵식탁은 그렇습니다.

빵굿은 여행자를 위한 마을의 마음입니다. 부유하든 가난하든 배웠든 못배웠든 건강하든 아프든 어리든 늙든 한자리에서 나란히 빵과 음식들을 나누고자 합니다. 그날 그 시간만큼은 몸도 삶도 굶주림이 없길 바랍니다. 아무리 외롭고 어려워도 나란히, 마주보며 갓 구운 빵과 향기로운 차를 나눌 수 있다면, 그렇다면 어쩌면 조금은 힘이 되지 않을까. 그렇다면 식탁을 차

✠

78

린 이도 다시금 힘을 내지 않을까. 한 덩어리에서 나눠지고 부서져야 생명을 살리는, 밀의 삶처럼 빵을 나눈 생명들, 그들의 일부가 된 빵의 조각조각은 원래 하나였던 기억을 안고 다시금 서로를 꿈꿉니다. 함께한 시간과 장소, 웃음과 기쁨을 이제 어디서든 떠올릴 수 있습니다. 그렇게 좀 더 빛나는 생명이 됩니다.

☦

황금빛
들,

햇밀의
계절

빵이 되어, 나눠지는 밀의 이야기

구례 사도리 마을은 오래된 자연부락으로 그 만큼의 나이를 먹은 우물, 당몰샘이 있습니다. 지리산 약초뿌리가 녹은 마을의 샘물로 햇통밀빵을 맛보고 싶었습니다. 그 마을에 수련이 먼저 들어가시고 빈집이 나올 때까지 기다렸다가 다음 해 6월에 우리 부부도 이사를 했습니다. 마침내 한마을에 모였고 풍산개 별도 키우며 10여 년간 살았습니다.

🦋 자급자족하는 우리밀빵

마을 입구, 당몰샘 옆에는 100년 넘은 고택이 있습니다. 하루는 그 댁의 주인께서 오래 묵은 밭에 밀을 심었는데 빵을 한번 만들어 보겠느냐 하셨습니다. 예? 가슴이 떨렸습니다. 마을에 온 지 한 달 보름 만에 깊은 바람 하나가 이뤄지는 순간이었습니다.

마을살이 첫해 7월 17일, 저는 세상에서 가장 신선한 햇통밀빵을 구웠습니다. 마을의 햇밀과 샘물로 자라난 그 처음 빵의 맛과 향기, 힘! 이로부터 월인정원의 마을 농가밀 이야기가 시작됩니다. 이에 대해서라면 무엇이든 알고 싶었지만 어디에서도 찾을 수 없었습니다. 이번에도 스스로 길이 되어야 했습니다. 한 발자국 내딛어 보고 갈 수 없다면 제자리로 와서 달리 딛어 보고, 갈 수 있겠다 싶으면 또 한 발 떼어 보며 수련의 부엌 바닥에서 3년 동안 천 번, 우리밀빵을 구웠습니다. 그 기록이 월인정원의 첫 책 〈힐링 브레드〉입니다. 자급자족하는 우리통밀빵 54가지를 담았습니다.

🍞 마을에 빵, 마을에 요가

마을에서 나는 먹거리와 첫 책을 교재삼아 마을 빵집과 빵 동아리도 열어 보고 싶었습니다. 젊은 이장님도 새로 짓는 마을회관에 지자체 지원을 받아 제빵실을 만들어 주셨습니다. 아마도 마을이 직접 운영하는 첫 시골 빵집이 아니었을까 싶어요. 물론 대부분의 일이 그렇듯 처음부터 순조롭지는 않았습니다. 시골에서 된장, 간장이라면 모를까 빵이라니 참으로 뜬금없다, 부녀회부터 분분했습니다. 그래도 이장님은 계획대로 추진하셨어요. 덕분에 다음 해 6월, 옆 마을 고택 운조루의 햇밀을 수확하여 빵 동아리를 시작했습니다. 부녀회원도 거의 가입하여 데크오븐 돌판에 피자도 굽고 노인정을 위해 단팥빵도 구웠답니다. 수업은 현지인과 귀촌인이 반반석, 보통 일고여덟 명에서 많을 때는 열두 명 전후로 일주일에 한 번씩 열렸는데요, 마을 사람들이 마을밀로 일상의 빵을 굽는 일은 더욱 즐거웠습니다. 마치는 즈음엔 늘 소중한 빵식탁을 차렸어요. 메뉴는 오늘의 빵과 제철 먹거리, 식탁을 수놓는 오늘의 들꽃, 서로를 밝힐 작은 초, 더 맛있는 남은 빵 요리 그리고 언제나 흥미진진한 마을 이야기도요. 보통 식사빵과 과자, 케이크까지 구워 가서 일주일분 간편식으로 부족하지 않았어요. 무엇보다 늘 적적했던 마을회관이 더는 외롭지 않습니다. 수업 준비와 청소로 일주일에 두세 번은 모이고 수업 당일에는 또 맛있는 빵 냄새에 어르신들과 아이들까지 들락날락하였습니다. 신선한 마을밀로 빵 바구니를 가득 채워 총총 집으로 가는 걸음은 그야말로 보람입니다. 더불어 마을 빵집 수업도 주말 마다 열어 전국 각지에서 우리밀빵을 배우러 오셨습니다.

2011년 6월에는 2박 3일간 첫 워크숍도 시작했습니다. 하루 이틀 수업으로 는 충분치 않아 워크숍을 마치고 온라인 작업실도 만들었어요. 우리밀빵 커뮤니티 '마을에빵(http://cafe.naver.com/webmov)'입니다.

그해 마을 대동회에서 공식 보고한 3개월간의 제빵 체험에서 재료비와 강 사비를 뺀 총수익은 202만 5160원이었습니다. 이외 장 담그기 체험은 1회 로 17만 5000원, 농산품 판매 수익은 0원입니다. 마을이 생긴 이래 200만 원이 넘는 순수익 사업이란 없었기에 어르신들께는 더욱 놀라운 액수였습 니다.

부녀회 중심의 제빵 동아리는 마을 행사나 회의에도 결코 빠질 수 없는 우 리 마을만의 자랑거리가 되었습니다. 2013년부터는 비어 있던 구판장을 무 인상점인 단새미 카페로 단장하여 빵과 음료, 소소한 간식거리를 팔고 있 습니다.

마을 빵집을 연 지 한 달 뒤에는 마을 요가도 시작했습니다. 서로 의지하며 낮에는 빵을 굽고 밤에는 명상과 호흡, 아사나를 했어요. 주 2회, 8시부터 9 시까지 하루의 피곤을 토닥토닥 풀었습니다. 처음에는 비교적 젊은 분들이 오셨는데 소문이 나면서 어르신들까지 지팡이를 짚고 나오셨습니다. 관절 염으로 고생하는 노모와 아드님의 허리 디스크도 3개월이 지나며 한결 편 해졌습니다. 이제는 밤에도 마을회관에 웃음소리가 넘실거렸습니다. 빵과 요가는 자치 동아리라 애초에 수업료는 생각도 안 했는데 명절에는 또박또 박 손글씨로 편지와 강사료를 모아 주셨어요. 빼곡히 모이는 진심에 애틋

‡

했습니다. 그런 중에 읍사무소 요가반도 출장 수업을 했습니다. 구례 전역에서, 하루에 몇 번 없는 버스를 타거나 걸어 오시는 요가 할머니들이었습니다. 저는 엄니들의 몸 상태와 병증을 잘 알고 있어서 맞춤형 치유 동작도 알려 드릴 수 있었습니다. 그렇게 아픔이 덜어지는 날들이 요가 선생으로선 가장 좋은 선물이었습니다.

빵이 되면 나눠지는 밀의 이야기처럼 월인정원도 나눠지는 중이었습니다. 먹을 수 없는 반죽이 빵으로 도약하여 생명을 살리듯, 나도 그처럼 되고 싶었습니다. 꿈을 꾸고 이루기에 너무 늦은 때란 없습니다.

월인정원의 허브들

월인정원의 텃밭에는 허브들이 살아갑니다. 허브 잎을 우려 반신욕을 하거나 비누와 크림, 연고를 만들고, 리스로 엮어 방향제로 쓰고, 피자의 향신료나 빵에 곁들일 페이스트로, 케이크에는 독특한 맛과 향을 더해 줍니다.

초기에는 여러 허브를 심고 또 심어 보았으나 지금은 몇 가지 정도로 이어 갑니다. 한해살이 허브는 바질과 루꼴라, 금잔화를, 여러해살이는 로즈메리와 토종 박하, 야생 루꼴라, 이탈리안 파슬리, 차이브, 애플민트 등입니다. 가끔 고수와 딜도 심고요. 뒤늦게 심은 딸기는 이제 해마다 두세 소쿠리는 따서 여름 샐러드와 딸기 액종빵을 만든답니다.

허브를 거둘 때는 약효나 향이 가장 강해지는 정오경에 살살 따고, 물에는 가능한 씻지 않는 게 좋습니다, 먼지나 흙도 후후 불어 내어 쓰고 통풍이 잘 되는 그늘에서 말려요. 줄기와 잎 고루고루 바람이 잘 다녀야 바슬바슬 좋은 향신료가 됩니다. 우리 전통 허브인 달래, 쑥, 봄나물도 대부분 제철에 편히 쓸 수 있습니다.

❀❀❀ 홈메이드 허브 오일을 만들어 볼까요

물기없는 라벤더, 페퍼민트, 로즈메리를 병에 넣고 올리브 오일을 채우면 끝! 향이 우러난 허브 오일은 약효도 녹아들어 요모조모 쓰임이 좋습니다.

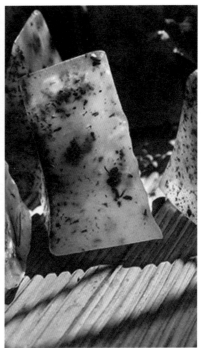

‡

해바라기의 생애

해바라기의 생애를 지켜보고 싶었습니다. 그리고 살짝, 씨앗과 오일을 얻을 수도 있지 않을까 하고요. 봄이 무르익는 즈음에 오일장에서 산 씨앗을 흙에 안겼어요. 그러자 며칠 뒤, 앗! 새싹이 돋아났습니다. 귀엽게도 씨앗을 매단채로 말이에요. 하루가 달리 쑥쑥 자라나더니 하나 둘 셋 노오란 꽃들이 피어났습니다. 대문을 열면 마당 곳곳에 눈부시게 웃는 얼굴들이었습니다. 여름이 익어 가며 씨앗들이 촘촘히 맺혔지요. 씨알이 여물어 갈수록 해바라기는 머리를 떨구었습니다. 나날이 무거워지다 못해 꽃잎도 시들고 줄기도 메말라 땅으로 돌아갔지만 씨앗만이 동그란 얼굴받침 속에 제 모습을 간직했습니다. 그 다음부터는 저의 일이었습니다. 옹골찬 씨앗을 털어 내고 먼지와 흙가루를 씻어 말린 뒤 읍내 기름집에 가져갔습니다. 씨 한 소쿠리에 기름은 간장그릇 한 종지가 나왔습니다. 엇, 이런 거였구나….

그 뒤 마을 동백 숲의 동백씨앗도 모아 기름집에 가져갔더니 앞선 해바라기 기름만큼도 안 나온다며 뒷날 들깨기름에 보태야 했습니다. (마을 어르신들은 해바라기를 심더라도 이처럼 들깨와 섞어 기름을 내고 계셨습니다.) 제 손으로 씨앗을 뿌려 기름까지 짜 보니 너무나 귀해서 아끼고 또 아껴 써야하는 생명의 정유였습니다.

바삭와삭
햇 감 자 천 연 효 모 와 플

햇감자 와플! 여름 텃밭이 햇감자를 생산했습니다. 소개 드리는 와플 배합
은 세 가지로, 첨가물 없는 빠른 와플 하나와 무반죽 와플 두 가지입니다.
특히 무반죽 와플은 2-3회 발효 반죽을 이어 가면 스스로 효모종이 되어
이른바 천연 효모 와플이 된답니다. 바삭바삭 담백하고 무엇보다 감칠 맛
이 참 좋습니다.

🌸🌸🌸 첨가물 없이 감자 와플을 만드는 빠른 방법이에요

익힌 감자 100g, 우리밀가루 10g, 꿀 10g, 천일염 1g의 재료를 미리 준비하세요.
으깬 감자에 소금, 꿀(생략하거나 설탕으로 대체해도 돼요), 밀가루를 넣고, 허브
도 있으면 조금 넣어 끈기가 생길 때까지 치대서 동그랗게 반죽을 빚습니다.
오일을 뿌려 달군 와플팬에 반죽을 넣고 약중불로 팬 위아래 면을 3분 전후로 굽습
니다.
만약 뭉칠 정도로 충분히 치대지 않고, 오일을 고루 뿌리지 않고, 예열도 안 하면,
팬에 붙어 산산이 부서질 수 있습니다.
그리고 어떤 와플 반죽이든 덜 익은 상태에서 팬을 열면 위, 아래로 쩍! 갈라질 수
있어요.
와플기가 없으면 전을 부치듯 프라이팬에 굽습니다. 채식버거나 감자 팬케이크로
즐기셔도 좋지요.

⚜

🌸 감자와 우리밀을 1:1로 넣은 무반죽 발효 와플입니다

재료는 익힌 감자 100g, 우리밀가루 100g, 인스턴트 이스트 1g, 천일염 1g, 비정제 설탕 5g, 물 70g입니다.

7월 중순, 실온 27℃ 기준으로 오후 1시쯤 시작하여 7시 30분경에 1차 발효를 마쳤어요. 봄가을 상온 24℃ 정도로 보면 두어 시간 더 필요할 수 있습니다. 시간을 아끼고 싶다면 취침 전에 반죽하여 8-9시간 뒤인 다음 날 아침에 구울 수 있습니다. 바쁠 땐 이스트를 2g으로 늘려도 됩니다. 와플기에 넣을 땐 무척 진 반죽이니 숟가락으로 떠 넣으세요. 자연스런 와플 모양이 더 예쁘답니다. 잘 익어 버터처럼 으깨지는 아보카도에 허브소금을 올리면 완벽하지요.

🌸 반죽을 이어 가며 맛이 더해지는 천연 효모 와플입니다

한 번 만든 반죽을 이어가며(종계, 씨반죽을 계승하기) 만들면 더 짧은 시간에 더 바삭한 와플을 만들 수 있습니다. 남은 반죽이 100g이라면 밀가루 50g과 물 35g을 넣고 잘 섞어 줍니다. 상온에 1차 발효를 하는데 지금부터 발효 시간이 절반으로 줄면서 두세 시간이면 두 배로 부풀어요. 그럼, 발효 반죽을 한 덩어리로 둥글리며 가스를 살짝 빼고 냉장고에 넣습니다. 냉장보관은 일주일 정도로 한 번에 먹을 만큼 나눠가며 구워요. 발효 반죽은 냉장고에서 꺼내 바로 구워도 되지만 실온에 한 10여 분 두면 반죽 상태가 한층 편안합니다. 그리고 한 번씩 달걀 반 개 정도를 풀어서 넣어줘도 좋습니다. 그만큼 물은 줄이고요. 달걀이 들어간 반죽은 기포가 더 많이 생겨서 과자처럼 식감이 가벼워져요. 이처럼 천연 발효로 과자와 케이크도 구울 수 있답니다. 대신 당분이나 유지류가 많이 들어갈수록 발효 시간도 오래 걸립니다. 익숙해질 때까지는 시간을 넉넉히 보고 만들어야 하지요.

자급자족하는 빵 접시

햇밀빵을 굽는 7월, 두 번째 미니사과와 첫 복숭아를 거두었습니다. 어릴 적부터 과일나무를 갖고 싶었는데 어느새 꿈이 이뤄졌어요. 땅 한 켠 빌린 터라 길지는 않았지만요.

30cm 작대기 같았던 복숭아나무 두 그루는 네 번째 해에야 비로소 진짜 복숭아가 열렸답니다. 저의 첫 복숭아 맛은 두근두근 달콤했어요. 그리고 두 번째 수확인 미니사과, 알프스 오토메는 아직 풋사과지만 피클을 담았습니다. 마을 호밀로 구운 빵 한 조각에 틈틈이 담아 둔 우리 마을 살구잼, 검은 자두잼, 미니 오이피클, 텃밭 페스토와 대추방울 토마토를 곁들였습니다. 내 손으로 키우고 마련한 한 끼 빵 접시입니다.

한여름 낮,
복숭아 피클

한낮에 손님이 오시면 생과일보다 복숭아 피클을 몇 조각 올려요. 과일 식
초액이라 메마른 입안과 지친 기운에 좋았습니다. 아삭아삭, 예쁜 색도 거
의 그대로예요.

🌸🌸 피클 주스 비율과 만드는 방법입니다

과일 식초의 양을 1이라 하면 물도 같이 1을 넣고, 비정제 설탕은 0.5에서 0.7 사
이, 천일염은 최소 0.2를 넣되 과일의 무르기에 따라 조금씩 더해 줍니다. 통후추
도 취향껏 넣고 설탕이 녹을 만큼 끓여요. 이 비율은 과일, 채소의 당도와 경도, 수
분량에 따라 조금씩 조절합니다. 단단한 복숭아는 뜨거운 피클 주스를, 무른 복숭
아는 식힌 주스를 부어줍니다. 입구와 바닥, 중간 중간에 허브를 넣으면 과육의 색
이 잘 변하지 않고 살균 효과도 있어요.

피클을 만들 때 중요한 점은 피클 주스
의 당도나 염도를 딱 맞추지 말고 좀 더
진하게 잡아야 합니다. 시간이 지나면
서 과일과 채소의 수분이 흘러나와 주
스의 농도가 연해지며 이내 시큼해지거
든요.

한 달 안에 먹는 게 좋고, 장기 보관은
진공 밀폐하여 병조림을 합니다.

✝

여름 색,
수박 껍질 한천 젤리와 케이크

한여름의 맛, 통 큰 수박! 수북이 먹고 나면 쌓이는 껍질이 번거롭기도 합니다. 수박 젤리는 식감이 깔끔하고 빛깔이 아름다워 여름 디저트로도 좋답니다. 보통 젤리의 주재료로 쓰이는 동물성 젤라틴 대신 바다 식물인 한천으로 굳혀 보았습니다. 쫄깃한 느낌은 덜하지만 묵처럼 찰랑거려요. 케이크도 수박향이 나서 신기하고 선선한 맛입니다.

❀❀❀ 수박 통껍질 한천 젤리 재료와 만드는 방법입니다
수박 통껍질 녹즙 500g, 수박 통껍질 과육 50g, 한천 가루 5g, 벌꿀 100g, 천일염을 한 꼬집 준비해요.

먼저, 녹즙 50g에 한천 가루 5g, 분량의 꿀이나 설탕을 넣고 저어가며 약불에서 1-2분 끓인 뒤 불에서 내립니다. 믹서로 곱게 갈아낸 수박 통껍질을 그대로 굳히

거나 과육과 녹즙으로 분리해서 따로 굳혀도 좋아요.

나머지 450g의 녹즙과 분량의 과육을 넣고 잘 저어 줍니다. 젤리에 어울리는 작은 견과 씨앗이 있으면 넣고 차갑게 식혀 주세요. 금방 굳지만 한천 젤리는 완전히 차가워져야 맛있습니다. 냉장고에서 반나절 이상 식히면 좋습니다.

젤리에 과육이 많으면 자체 수분 때문에 모양이 잘 굳지 않고 흐트러질 수 있습니다. 수박 껍질은 딱히 도드라지는 맛은 없어도 청량한 기운과 무엇보다 여름 색을 즐길 수 있지요.

❀❀❀ 수박 통껍질 케이크도 만들 수 있어요

우리밀 150g, 수박 통껍질 과육 100g, 유정란 2개(약100g), 천일염 한 꼬집, 비정제 설탕 70g, 식물유 50g, 베이킹파우더 4g 그 외 베리류도 있으면 조금 준비해 주세요. 15cm 원형 케이크팬 1개 또는 머핀 4개 분량의 재료입니다.

수박은 통째로 식초와 베이킹소다 등을 물에 희석해 말끔히 씻어 내고 붉은 과육과 통껍질을 따로 준비합니다. 껍질은 작은 조각으로 나눠 믹서로 곱게 갈고 고운 체를 밭쳐 녹즙과 과육을 분리합니다. 이때 될 수 있으면 과육의 수분을 최대한 짜내는 게 좋답니다. 수분이 많으면 케이크를 구웠을 때 질어지거든요.

볼에 달걀, 소금, 설탕, 오일을 한꺼번에 넣고 거품기로 부드럽게 섞어 주세요. 설탕이 미세하게 녹으면 수박껍질 과육을 섞은 뒤 두세 번 체 친 가루 재료도 넣어 줍니다. 주걱으로 가볍고 빠르게 흰 가루가 보이지 않을 만큼 섞어 반죽을 완성합니다. 유산지를 넣은 팬에 반죽 반을 덜어 넣고, 베리류도 가볍게 누르듯이 올리세요. 그 위에 나머지 반죽을 채우고 토핑용 과일로 장식합니다.

180℃로 예열한 오븐에서 25분 전후로 구워 주세요. 생과일의 수분이 마르도록 충분히 구워야 식감이 보송보송하답니다. 꼬치로 찔러보고 묻어나지 않으면 팬에서 분리합니다. 수박 케이크는 한 김만 식혀 드세요.

✢

‡

105

수 수 한 호 박 꽃
한 송 이 케 이 크

마을 어디에서나 피어나는 소박함, 말없이 착한 꽃들의 마음에 고된 시간
도 잠시 쉬어갑니다. 호박꽃은 몸 속 독을 풀고 기운도 돋워 준대요. 그윽
한 차 한잔을 닮은, 수수한 호박꽃 케이크입니다

🌸🌸🌸 호박꽃 케이크 재료입니다

우리밀 100g, 쌀가루 50g, 호박꽃 25g, 호박잎 15g, 유정란 2개(약 100g), 식물유
35g, 비정제 설탕 50g, 천일염 1g, 우유나 두유 50g, 베이킹파우더 3g을 준비해
주세요. 큰 머핀 3개 또는 중간 머핀 4개 반죽입니다. 쌀가루가 없다면 우리밀을
그만큼 더합니다.

🌸🌸🌸 호박꽃 케이크 만들기입니다

꽃잎을 오므리는 한낮을 피해 정갈한 꽃과 연한 잎을 땁니다. 물에 씻지는 않고 티
끌은 입김을 불어 날리고 꽃잎을 몇 조각으로 갈라 꽃술을 떼어 냅니다. (호박꽃은
수꽃과 암꽃이 있는데 꽃술이 하나로 뾰족하면 수꽃, 꽃술이 세 개로 몽글몽글하
면 암꽃입니다.)
호박잎도 자잘하게 썰어 주세요. 토핑용으론 조금 덜어 두고요.
볼에 달걀, 소금, 설탕을 한꺼번에 넣고 힘차게 거품을 냅니다. 설탕이 거의 녹을
만큼 거품이 풍성해지면 오일을 흘려 넣고 다시금 거품을 내 주세요. 거품 입자가
좀 더 작고 묵직해지면 체 친 가루 재료를 넣고 꽃과 잎도 넣어 대충, 살살, 가볍게
섞어 주세요. 재료들이 겉돌지 않는 정도로만요. 저는 베이킹용 씨앗을 조금 넣었

습니다.

우유나 두유를 넣고 부드럽게 섞이면 완성입니다. 유산지를 넣은 머핀팬에 반죽을 붓고 장식합니다. 토핑용 재료는 반죽 안에 파묻듯이 올리고, 예열한 180°C 오븐에서 20분 전후로 구워요. 막 꺼낸 빵들은 식힘망에 올려 주세요. 완전히 식히지 않고 밀봉하면 수분이 갇혀 케이크가 눅눅해집니다.

✢

108

부추꽃을 올린 들깨 치아바타

어디선가 은근한 알싸함에 발길을 멈추면, 부추 꽃망울의 청순함. 부추꽃은 꽃대가 억세니 부드러운 부분까지만 다듬어 씁니다. 텃밭의 주인들은 돌아오는 부추꽃 철을 잊지 마세요.

들깨를 넣으면 오일을 따로 섞지 않아도 촉촉해집니다. 들깨의 향이 강하니 부추는 함께 넣지 않았고 반죽 위로 얹어 향만 돋우었습니다. 너무도 멋진 맛과 향입니다!

마을 밀밭 식빵

황금빛으로 무르익은, 마을 농부의 밀로 식빵을 구웠습니다. 제일 좋아하는 산딸기를 읍내 과일집 엄니께 부탁드려 잼도 만들었습니다. 하루 지난 식빵은 토스트로 바사삭, 내게는 세상에서 제일 황홀한 빵접시입니다.

햇빛을 머금은 햇밀가루에서는 아기 냄새가 납니다. 반죽을 하면 신선한 우유향이 포로롱. 달걀이나 유제품 없이도 포동포동.

6월 어느 아침 10시경, 뒷집 대산댁 할아버지 밀밭입니다. 이미 구순에 가까운 연세라 저는 한 해 한 해 조마조마한 마음으로 영감님 밀밭의 생애를 기록합니다. 어르신들의 평균 연령이 팔순을 넘어섰으니 점점 이처럼 아름다운 존재들을 보지 못할지도요.

농부, 천하의 근본이 되는 사람. 농부가 아직은 존재하는 지금, 농가밀빵 식탁으로 우리, 이어지면 좋겠습니다. 가장 먼저 자신과 어렵고 힘든 길을 걷는 이들과도요. 그래서 길을 떠나더라도 헤매지 않기를, 조각조각이 제자리로 돌아오며 마침내 안식하기를.

거대한 하나, 어느 사슴 가족 이야기

슬픔이 찾아든 어느 날, 산책을 나섰습니다. 묵묵히 숲길을 헤쳐 걷다 누군가의 시선을 느꼈고 고요한 표정을 마주하곤 숨소리도 삼키며 그만 주저앉고 말았습니다. 그리고, 이것이 우리의 두 번째 만남임을 알았습니다.

지난 3월, 그녀의 곁엔 아직은 어린 아들과 좀 더 큰 두 딸이 있었습니다. 그때도 슬픔에 잠겨 숲으로 가던 저는, 깨어나는 개울의 소리와 진달래꽃 마중에 연분홍빛으로 웃고 말았지요. 그런 날, 처음으로 사슴 가족을 볼 수 있었습니다. 그들의 시선은 한 생명체에 대한 마음으로 내내 이어졌습니다. 어느덧 무겁게 안고 간 내 슬픔도 숲 어딘가에 놓이고, 숲의 축복이 있었음을 그들의 묵언으로 저는 알 수 있었습니다. 그리고 6월에 다시 만난 우리, 그녀 아들의 어린 이마 위로 보송보송 뿔이 돋아나고 그녀 또한 새로운 생명을 잉태하고 있었습니다.

어떤 어려움이 있어도 어딘가로 뒤돌아서거나 달아나지 않고 우리, 이처럼 숲의 평화로 마주할 수 있기를. 다시금 만나지기를.

어느 날, 나는 슬펐고 그래서 산책을 나섰다. 나는 들판에 주저앉았다. 토끼 한 마리가 내 처지를 눈치 채고는 가까이 다가왔다. 때로는 누군가를 돕는 데 이 정도면 족하다. 말하지는 않아도 이해심으로 가득하고 사랑이 넘치는

피조물들과 그저 조금 가까이 있는 것, 그들은 단지 아름다운 이해의 눈빛으로 바라볼 뿐이다. 성 요한.

그로부터 그들을 다시는 볼 수 없었습니다. 해마다 마을 숲이 사라지고 있거든요. 이전에 블로그에 쓴 글을 본 이웃 한 분이 어떤 책을 소개해 주었습니다. 저와 같은 경험을 한 분이 있다고요. 온라인으로 중고책 한 권을 어렵게 구했습니다. 카렌 카퍼 수녀의 〈하느님을 만나는 곳〉. 놀랍게도 거의 비슷한 이야기가 실려 있었습니다.

'어느 봄날, 사슴들이 다니는 길을 따라 숲속을 거닐다가 뜻하지 않게 활짝 핀 진달래꽃을 보게 되었다. 봄 햇살을 받은 그곳은 영롱하게 빛나고 있었다.'
한국과 애팔래치아라는 장소와 시기만 다를 뿐, 그녀는 저와 영혼의 자매였을까요?

햇밀의 이름들, 농가밀빵 식탁

2014년 6월 27일과 28일, 구례 오미동 월인정원에서 지역 햇밀 특강 및 빵 식탁 빵굿과 빵장을 열었습니다. 제주, 남해, 진주, 고령, 하동, 구례, 장흥, 청주, 홍성 등 열 개 지역, 열넷 생산자의 햇밀이 서울, 군포, 김포, 청주, 괴산, 공주, 남원, 전주, 장흥, 목포, 대구, 고령, 창원, 진주, 구례 등에서 온 스물다섯 작업자들의 손과 품에서 빵이 되었답니다. 지역별 소모임과 우리 마을 햇밀빵을 구워 보며 신생아마냥 인식표를 달아 주었습니다. 태어난 곳, 길러 주신 분, 씨를 뿌린 날, 밀알을 거둔 날, 밀가루가 된 날을 두근두근 새겨 주었지요. 오래된 살구나무 아래 화덕 옆 빵식탁을 차리며 오손도손 햇밀의 맛을 보았습니다. 그런데 깜짝 놀랐습니다. 만든 이까지 꼭 닮은 빵들이었거든요. 지역이 같더라도 생산자와 흙의 성질에 따라 확연히 달라지는 풍미! 우리 농가밀빵이 깨어나고 있었습니다.

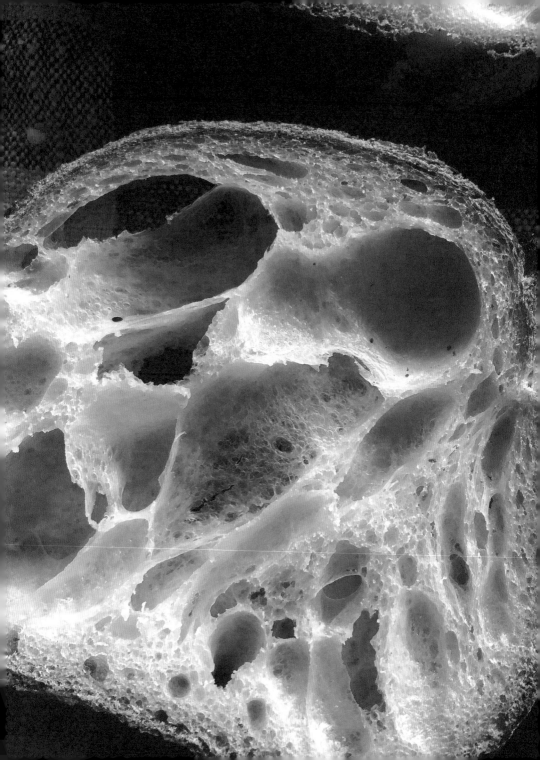

햇밀빵을

나누는

시간

오미동 마을회관 월인정원

구례살이 7년 즈음, 옆동네 마을회관이 빈다고 했습니다. 다 낡아 버려 새로 짓는다고요. 양지바른 집들 앞으로 개울이 흐르고 너른 들이 앞마당인 양 펼쳐진 오미동. 저는 늘 밀밭에 있고 싶었습니다. 내가 하는 일의 근원을 언제나 잊지 않길 바랐습니다.

◀ 백년 회관의 우리밀빵 교실

2012년 10월 14일, 대부분의 시골 일이 그렇듯 천 개의 이야기를 거쳐 마침내 입주할 수 있었습니다. 오미동 마을회관은 일제강점기부터 있었는데 당시는 서당이었다네요. 건물이야 바뀌었지만 터는 백 살이나 되었습니다. 마을회관이란 어디나 마을의 중심지고 원래도 학당이었다니 이보다 좋을 수는 없었습니다. 무엇보다 창문을 열면 드넓은 밀밭이 펼쳐졌습니다. 마당에는 오랜 살구나무도 장하고, 넉넉한 텃밭에는 고대밀 스펠트도 키울 수 있었습니다. 화단에는 요리용 허브들과 사과나무, 복숭아나무를 심었습니다. 이제 남은 준비는 빵 화덕을 들이는 일이었습니다.

마을 한복판에서 장작불로 굽는 빵은 어떤 맛과 향기일까요? 틈틈이 빵 화덕을 알아보았지만 좀처럼 찾을 수 없었습니다. 그래서 난방도 할 겸 수입

산 오븐 스토브를 구했습니다. 오븐 칸에는 큰 빵과 케이크를 굽고 위에도 화구가 있어서 무쇠솥 직화빵이나 스튜처럼 뭉근한 요리에 알맞았습니다. 고양이발의 무쇠 화덕이라 무척 아름답지만 땔감도 그만큼 들었습니다. 불완전 연소식이라 실내 유독가스도 많았어요. 그래도 고된 일과를 마치면 전깃불을 끄고 일렁이는 불꽃을 들여다보며 붓고 차가운 발을 화롯가에 데우는, 화덕이 끓여 낸 차이 한잔과 토닥 타닥 타들어가는 장작의 소리를 듣는 시간은 언제나 좋았습니다. 오븐 스토브는 직화빵 수업에서도 많은 일을 해내었습니다. 나아가 학생들과 마당 화덕도 시도하다가 미완에 그쳤었는데, 동네 형님들이 사정을 듣고 다음 해 사뿐히 만들어 주셨습니다. 정말 놀라운 행운이었습니다!

책으로만 알았다면, 아직도 화덕빵은 꿈의 빵이었을 것입니다. 막상 실현하고 적용해 본 '일상의 화덕빵 한 덩어리'는 삶의 방식과 근거의 이야기였습니다. 결코 가볍지 않은 에너지간의 총체입니다. 이 같은 경험으로 장흥과 홍성 등지에서도 적정기술팀과 빵 화덕 워크숍을 열었습니다. 보통 1박 2일로 첫날 낮에는 화덕을 만들고 밤에는 농가밀 천연효모빵을 배웠습니다. 밤새 발효하여 다음 날 정오 전까지 새 화덕에서 자신의 빵을 구웠는데 국내에서는 처음 접목한 수업이 아닐까 싶습니다.

🍂 둥근 빵식탁

가정식 교실이라 미니 오븐 두 대에 빵을 굽는 솥만 지펴도 실내는 한참 비좁고 무더웠습니다. 그래서 야외 수업과 연동했어요. 보통 1시간 정도 화덕을 지피면 200℃ 이상이 되는데 빵 발효와 굽기 온도를 잘 맞추기는 어려웠습니다. 자칫 반죽째로 숯덩이가 되거나 또 어떤 날은 소나기나 눈보라로 장작불이 사그라지고 큰비라도 오면 불씨 살리기도 힘들었습니다. 그래도 한 번 달궈지면 다음 날까지도 미열이 남아 파이를 굽거나 뭉근히 졸이는 요리도 하고 수업 도구와 발효천도 말리며 한 점 열까지 남김없이 썼습니다. 그런 만큼 장작일이 녹록치 않았습니다. 먼저 한 트럭분의 통나무를 으라차차 내리면 전기톱으로 거칠게 토막 냅니다. 다음은 처마 아래 층층이 쌓아 말리다가 틈만 나면 쓰임에 맞게 쪼개요. 평생 도끼질 한 번 안 해 본 남편이나 위험한 전기톱도 돌려 주는 마을 동생에게는 늘 마음의 빚이었습니다. 화덕 빵식탁을 누리는 수업 하나하나가 가까운 이들의 수고였습니다. 그리 어깨를 떨구다가도 앞을 바라보면 언제까지나 아름다운 들이 고개를 끄덕이고 있었습니다.

귀한 장작불이 무사히 타오르면 화덕빵 냄새가 온 마을에 퍼집니다! 말랑하고 달콤한 빵들을 구울 땐 들일하는 어르신들께도 배달을 나갔습니다. 가끔은 여행객들도 빵 냄새에 이끌려 문을 두드렸는데 한 조각이라도 있으면 나눠 먹었습니다.

야외 작업대 겸 식탁은 살구나무 아래 원탁이었습니다. 마당에 핀 들꽃과 허브로 꾸미고, 텃밭의 채소와 과일로 샐러드를 만들고, 갓 구운 빵을 자르거나 커피를 내리고, 저마다 눈에 띄는 일을 찾아 하다가 마침내 단 한 명도 일하는 사람이 없으면 그제야 모두 한자리에 앉았습니다. 차를 내고 촛불을 밝히며 비로소 천천히 먹고 마시고 하였습니다. 아무리 바빠도 빵식탁만은 차렸습니다. 누구도 소외되지 않고 누구도 배고프지 않고 서로에게 기대 쉴 수 있었으니까요. 빵을 나누는 식탁에서만큼은 선생이든 학생이든 이웃이든 손님이든 차이가 없길 바랍니다. 다함께 차리는 둥근 빵식탁은

✢

지역이 돌아가는 이야기와 개인사도 나누는 공간이었습니다.

마을 두 곳에서 햇수로 꽉 찬 5년 동안 짧게는 1년, 길게는 3년 가량 구례, 화개, 하동, 광양 등에서 찾아와 빵식탁에 둘러앉았던 학생은 150명 정도입니다. 자립의 토대가 되길 바란 만큼 제 마음을 온전히 기울인 시간들입니다.

🦋 따뜻한 빵식탁 '빵굿'

한 달 수업으로 보자면 평일은 마을 빵 동아리와 그룹별 수업, 주말에는 전국 단위 우리밀빵 수업, 마지막 주말은 외부 선생님들의 우리밀빵 특강이 이어졌습니다. 월인정원 정기 워크숍도 1년에 두 번 봄여름과 가을겨울에 열렸습니다. 빵의 근원이 열 발자국 앞에 펼쳐져 작업하다가도 들로 내려가 밀을 직접 만지고 살펴볼 수 있었습니다. 무엇보다 저는 마을과 밀의 이야기를 학생들에게 전하고 싶었습니다. 건강한 빵을 배우러 왔으니 그 건강함이란 어디에서 오는지도요. 하나로 연결되는 이야기는 하나의 식탁으로 이어졌습니다. 한 달에 한 번, 그날의 빵과 마실 것을 나누는 빵식탁 '빵굿'입니다. 회비나 준비물 없이도 누구나 참가할 수 있지요. 더불어 '빵장'도 열렸답니다. 직접 만든 빵과 과자들, 빵과 함께하는 음식과 도구, 소품들까지 팔고 사고 나누었어요. 하루 전날부터 우리밀빵 특강도 열려 자연스레 배움과 나눔이 이어졌습니다. 주제별 강좌를 마치면 마을에서 저녁 식사를 한 뒤 농가밀빵 실습을 했습니다. 밤새 반죽을 재우고 다음 날 아침에 화덕빵을 구우며 마쳤어요. 시간이 좀 더 있는 분은 이어지는 빵굿과 빵장에 참여하였는데 그야말로 알뜰살뜰한 소통의 재미였습니다.

기억에 남는 특강 주제로는 하우스 맥주와 농가밀빵, 천연 효모 바게트와 크루아상, 자가 제분 호밀빵, 홈카페 천연 효모 티푸드, 천연 효모 간식빵과 식사빵, 우리밀 시골빵과 프랑스밀 시골빵, 밀 파종과 요리 화덕, 제주 밀 농사와 제주 천연 효모빵, 악양 봄이네 밀 농사와 밀 방앗간, 구례 농부 홍순영의 밀 농사와 자연 제재, 산양유 치즈와 천연 효모 팬케이크, 밀 파종 식탁 등입니다.

빵굿은 저의 한 달 강사료를 덜어 준비했습니다. 제철에 나는 가장 신선하고 맛있는 채소와 과일, 치즈와 잼, 가끔은 스프와 한두 가지 요리도 곁들였지요. 이웃과 친구들은 마당의 꽃도 안고 왔습니다. 허브와 꽃의 계절에는 눈길 닿는 곳이 화원입니다. 먹을 것이 적더라도 들꽃과 촛불을 밝힐 수 있다면 이야기가 시작되지요.

한 달 한 번의 빵식탁을 위해 서로 이름도, 지역도, 하는 일도 모르는 여행자들이 동이 트기도 전에 집을 나섰습니다. 때로는 머나먼 바다 또는 작은 바다를 건너서도요. 그리고 단 두세 시간, 차와 빵을 나누고 저녁이 오는 즈음 다시 길을 떠났습니다. 몇 번은 차가 막혀, 길을 잘못 들어, 태풍이 와서, 식사를 다 마친 저녁에 도착한 분들도 있었습니다. 빵식탁에는 언제나 빵 한 덩어리를 남겨 두기에 그날의 음식이 모두 동이 나도 오늘의 빵을 가장 늦게 도착한 한 분까지 나눌 수 있었습니다. 어두운 밤 촛불은 더욱 빛났고 차를 다시 우리며 함께한 마음이 한층 아늑해졌습니다.

❧ 스무 번의 빵굿, 그리고 마지막 이야기.

2013년 6월 햇밀 빵굿은 지리산닷컴과 같이 열었습니다. 구례에서는 처음으로 토종밀 수확이 있었거든요. 우리밀빵을 구우며 저는 우리밀의 뿌리를 찾는 일도 함께했습니다. 하지만 문헌상으로만 존재할 뿐 실체를 확인할 수 없었습니다. 그래도 포기하지 않던 중에 어느 정미소에서 토종밀을 구할 수 있었습니다. 우리밀 보급종인 금강밀과 달리 토종밀로 구운 빵은 납작하지만 맛이 좋았습니다. 바로 '앉은뱅이밀'입니다. 옛사람들은 키가 작아 그리 불렀다는데 농업기술원에 등재된 품종은 아닙니다.

지역과 마을에서 오래전부터 심어 온 밀이 있다면 토종밀이고 그 성질이나 맛에 지역성, 향토성이 더해진다고 봅니다. 소농 중심의 돌려심기 밭작물에 가깝다 보니 잡곡과 섞일 가능성도 큽니다. 서양처럼 주곡이 아니니 종자 선별이나 보관도 딱히 꼼꼼하진 않았으리라 싶어요. 그리 짐작해 보니 '원래부터의 우리밀'은 생각보다 가까이에 있었습니다. 2011년부터 작업해 온 악양 봄이네 빨간밀이나 남해에서 본 재래밀도 마을에서 해마다 지어온 밀입니다. 우리도 마침내, 2012년 11월 오미동 들에 첫 파종을 하였습니다. 그리고 다음 해 6월, 햇앉은뱅이밀을 거둬 밀가루와 국수를 뽑았습니다.

2013년 6월 빵굿을 위해 전국에서 오신 손님과 마을 사람을 합치니 300여 명이 되었습니다. 마을 엄니들의 '엄마는 프라다를 입지 않는다' 몸뻬쇼와 마을 청장년 밴드 공연, 플리마켓도 열었습니다. 한 끼라도 나누려고 마당에 솥을 걸어 빵 동아리는 햇밀빵을 굽고 할머니들은 국수를 삶았습니다. 역시 그 어떤 참가 조건도 없었는데, 지금 생각하면 어찌 다 했을까 싶기도 합니다. 기쁨은, 밥의 양보다 마음의 양일까요.

석양이 내리는 들에는 황금빛 고대밀이 일렁이고, 그 옆으로 과묵한 마을 창고 벽은 지리산닷컴이 담아 두었던 구례 이야기가 빔 프로젝트로 그려졌습니다. 손님도 마을 사람이 되어, 마을 사람도 손님처럼 삼삼오오 거닐며 달이 뜨도록 소곤소곤 이야기꽃을 피웠습니다.

✠

빵식탁 '빵굿'은 2013년 3월부터 2014년 12월까지 스무 번 열렸습니다. 그리고 더는 이을 수 없었습니다. 주위를 둘러보면 학생들이 손님을 맞아 빵을 자르고 차를 내리며 설거지를 하고 있었습니다. 모두가 돌아가고도 제 몫의 정리와 청소는 새벽까지 이어졌습니다. 그 무게가 버거울 즈음 마지막 빵식탁을 준비했습니다.

2014년 12월 21일 빵굿. 월인정원이 만들 수 있는 가장 맛있는 케이크와 빵을 구웠습니다. 붉은 장미와 붉은 초로 식탁을 꾸몄습니다. 특별한 음악회가 있었거든요. 낡은 빵 교실에 음향기기 하나 없이 날것 그대로의 연주였습니다. 정선에서 온 시타르 연주자와 마을 사람의 첼로 독주, 포크 기타, 사물놀이까지 천상의 울림이었습니다. 그 많은 사람들이 숨소리 하나 없이 오직 귀 기울여 고요하고 부드럽고 황홀했습니다. 이들의 뒷모습을 촘촘히 바라보는데 점점 눈앞이 하나둘 가물거렸습니다. 몸 안의 힘도 스르르 빠져 나갔습니다. 휘청이다 식탁 끝에 간신히 기대어 섰습니다. 뜨거운 눈물만이 뭉글뭉글 솟았습니다.

밀 파종기 11월, 빵 동아리의 졸업 소풍과 200여 명이 함께한 12월의 빵식탁으로 저는 구례에서의 농가밀빵 교육을 모두 마쳤습니다. 오미동 월인정원은 2012년 3월부터 2015년 7월까지 만 3년 2개월 동안 열렸습니다.

살구나무 아래 화덕 이야기

화덕과 빵 만들기는 고대부터 이어져 왔기에 누구나 할 수 있지만 막상 직접
하려면 상당한 에너지가 듭니다.

빵을 잘 만드는 일도 시간이 필요하지만 밀농사를 짓더라도 그 밀이 쉽게 빵
이 되고 화덕에서 잘 구워지고 맛까지 좋으리라는 보장도 없답니다. 직접 재
배하지 않아도 안전하고 맛도 좋은 밀을 얻고 싶다면 믿을 수 있는 농가와
직접 이어집니다. 또는 그분들과 연결된 친구와 이웃, 지역 마켓이나 쇼핑몰
을 알아봅니다. 후자의 경우는 최대한 생산 정보를 요청하여 제품에 가까워
지고 세심한 피드백으로 믿음과 시간을 쌓아 가는 일이 중요하지요.

🍃 살구꽃 아래 놓인 화덕

월인정원 오미동 작업실에 첫 야외 장작 화덕이 완공된 날은 2014년 4월
25일입니다. 마을 밀밭이 보이는 마당, 푸르른 고대밀 밭 옆의 살구나무 아
래 놓였습니다. 마을 형님들이 동네식 적정기술로 나흘간 뚝딱 만들어 주
셨어요. 연통 위에는 숟가락 세 개를 꽂아 밥그릇을 씌웠습니다. '밥은 나눠
먹는 것이다. 밥은 빵이다.' 화덕을 만들어 준 이들의 당부를 나의 가슴에도
꼭꼭 새겼습니다.

1	2
3	4

1 4월 22일. 주문한 화덕용 주물 오븐 박스와 화구가 도착했습니다. 화구 테스트를 마친 뒤에 내열 벽돌을 쌓고 단열재로는 펄라이트를 채웠습니다. 2 4월 23일. 1단 화구칸과 2단 오븐칸을 만들었습니다. 연통을 넣으며 본체 작업을 마쳤습니다. 3 4월24일. 화덕 보조 테이블, 화구 입구, 화덕 앞상단을 만들고 오븐칸 벽면에 빗살무늬도 새겨봅니다. 남는 벽돌로 꼬마 화덕을 만들고 시범 가동을 시작했습니다. 4 4월25일. 연통 위에 밥그릇과 수저를 얹으며 화덕을 완공했습니다.

밀 농부의 빵

곡식으로 무르익은 들은, 오직 아름다울 뿐이에요. 평일에는 구례와 하동,
악양 등 인근 지역 빵 수업이 있지요. 수요일반은 남성만 네 분으로 이른바
남자빵 동아리랍니다. 마을 농부 정수 씨의 밀가루는 왕겨만 벗겨 낸 통밀
이에요. 한숨 잘 자고 아늑하게 깨어난 반죽들, 다칠라 살살 만지는 아기 같
은 반죽. 소르르 땀에 젖은 머리카락, 아빠들의 생애 첫 통밀빵은 들과 농부
에게서 온 마을의 빵.

"정수 씨의 밀이 빵이 되었어요. 우
리 모두 감사해요!"
이렇게 좋은데, 자꾸만 눈시울이 뜨
거워집니다.

가을 가지로 만든
타르트

올해 가지나무를 거두고 그 마지막 열매를 받았습니다. 함께 심었던 피망, 파프리카, 토마토 나무에게도요. 이제 그들의 계절도 지나간 것입니다. 그동안 텃밭의 수고로움을 어찌 다 알 수 있을까요. 오로지 흙에만 기대어 커달라는, 무심한 바람에 해마다 조그마해졌어도 해마다 어김없는 싱그러움과 아삭함이 세상 어떤 농부의 것보다 나는 좋았습니다. 손바닥에 올려 한참을 보고 또 보는데 이렇게 앳되고 여린 자식들을 두고 또 어찌 흙으로 돌아갔을까요. 덕분에 올해도 건강하고 맛있었습니다.

저마다의 아픔과 슬픔과 어려움이 있는 우리에게도 자연의 시간처럼 제철이 있는 것일까요. 자신의 때를 맞으면 가장 아름답고 가장 찬란하고 가장 싱그러울까요. 아직 오지 않았을까요. 이미 지나갔을까요. 아니면, 힘들어도 진정 오늘이야말로 나의 때일까요. 자연의 시간은 말합니다. 사람은 믿는 것을 본다고. 그 힘으로 삶을 이룬다고.

아 는 숲 ,
햇 통 밤 빵

마을 숲, 야생동물처럼 엉금엉금 거둔 가을햇살 햇밤빵이지요. 아는 숲 나무의 열매와 밀로 빚은 빵. 나는 여기, 속한 사람.

❀❀❀ 아는 숲에서 얻은 통밤식빵 재료입니다
우리밀 강력분 350g, 인스턴트 이스트 4g, 소금 6g, 비정제 설탕 15g, 유정란 1/2개(25g, 생략 가능), 식물유 15g, 물 210g(유정란 생략 시 220g), 통밤 200g을 준비합니다. 옥수수 식빵팬 기준이며 오븐에 넣기 전에 연한 달걀물을 바르거나 덧밀가루를 살짝 뿌려줍니다.

❀❀❀ 통밤을 미리 장만해요
껍질째 물에 넣어 불리고 알맹이를 냅니다. 물은 밤 분량의 1/3 정도만 넣고 설탕을 조금 넣고 7-8분 익힙니다. 으스러지지 않고 섭히는 정도로만, 너무 익히지 마세요.

❀❀❀ 통밤식빵 반죽 만드는 방법입니다
표면이 어느 정도 매끄러워질 때까지 반죽하고 가볍게 둥글려 1차 발효를 합니다. 약 두 배 가까이 부풀면 발효를 마칩니다. (밀가루를 듬뿍 묻힌 손가락으로 반죽을 지그시 눌러 보아 자국이 그대로 남다가 서서히 오므라드는 정도면 알맞습니다.) 반죽을 가볍게 둥글리고 윗면이 마르지 않게 하여 10여 분 쉬게 합니다. 뒷면을 위로 하여 반죽을 직사각형으로 부드럽게 밀어 폅니다. 밤을 얹고 밀대로 가볍게 눌러 겉돌지 않게 합니다.

통밤빵 반죽으로 비스킷빵도 만들 수 있습니다. 반죽은 이등분하여 둥글립니다. 링 모양은 길게 늘여 양끝을 이어 주고 원통 모양은 그대로 팬에 올립니다. 식빵은 양끝을 밑으로 접어 넣어 식빵팬에 넣습니다.

❀❀❀ 바사삭 비스킷 반죽 재료와 만드는 방법을 알아보지요

반죽을 발효하는 동안 비스킷 반죽을 준비합니다. 재료는 우리밀 50g, 소금 1g, 비정제 설탕 25g, 버터 25g, 유정란 25g, 베이킹파우더 2g, 물 10g, 취향에 따라 커피나 코코아 가루를 5g 넣어도 되는데 이때는 물 15g에 녹여서 넣습니다.

달걀과 버터는 실온에 둡니다. 버터는 손으로 눌러 보아 말랑한 정도면 알맞고 달걀도 비슷한 온도로 맞춥니다. 주재료가 준비되면 볼에 버터를 주걱으로 으깨고 소금, 설탕을 넣어 거품기로 부드럽게 합니다. 설탕이 살짝 집히는 정도로 녹으면 달걀을 3-4회 조금씩 나눠 넣으며 크림화합니다. (달걀과 버터의 온도 차이가 크거나 달걀을 한꺼번에 넣으면 분리되기 쉽습니다.)

체 친 가루 재료를 버터크림에 넣어 가볍게 섞어 줍니다. 분량의 수분(커피나 물)을 더해 펴 바르기 좋은 농도로 맞추거나 그대로 짤주머니에 넣어 짜주어도 됩니다.

🌸🌸🌸 햇통밤빵 완성

식빵의 2차 발효는 30분 전후로 1.5배, 팬 높이로 부풀 때까지 합니다. 185℃ 오븐에서 30-40분 굽습니다.

비스킷빵은 팬에 올린 뒤 비스킷 반죽을 위에 짜 주거나 펴 발라 20분 전후 1.5배 부풀 때까지 2차 발효합니다. 비스킷이 있어 타기 쉬우니 185℃에서 10여 분 굽다가 175℃로 내려 20분 정도 굽습니다. 색깔이 충분히 나면 165℃에서 10분 정도 완전히 굽습니다. 아는 숲이 내어준 달큼 고소 포근한 가을 햇살의 맛.

감나무의 보은

수련의 뜰에 찬바람이 불면 아롱다롱 감나무 네 그루. 가을이 익는 즐거움
이란 저리도 붉어진 감을 똑 따먹는 일. 갓 딴 열매는 말갛게 사각사각 웃음
처럼 달고 시원합니다. 수련이 이사를 온 첫해 7월 즈음이었을 거예요. 뒷
집 영감님이 환영 인사로 살짝쿵 농약을 치러 오셨답니다. 그런데 무안하
게도 그만 되돌아가셔야 했어요. '새 이웃'이 어떻게 알아차리고 무조건 안
된다고 했죠. 영감님 말씀에 감나무는 원래 약 안 치면 하나도 안 남고 다
떨어진대요.

그런데 그 다음 해, 아름답고 건강한
감들이 알알이 맺혔습니다. 태어나
처음으로 자유로워진 감나무의 보
은이었습니다. 이렇게 한 해 두 해…
열 번째 해를 겪어 보니 어느 해는
병이 생겨 감이 많이 떨어지기도 했
지만 올해도 자신의 방식으로 감나
무는 열심히 살아가고 있어요.

아기 들고양이 입맞춤

텃밭에서 배추벌레를 잡는데 순간, 어딘가에서 두꺼비 소리 같기도 하고 '그릉 그르릉' 소리에 누군가를 다치게 했나 너무 놀라 발치를 내려다보았습니다. 엇, 들고양이 아기! 며칠 전까지 어미젖을 빨던 새끼 둘 중 한 마리가 분홍빛 무언가를 물고 빤히 올려다보았습니다. '이게 뭐지?' 들여다보니 이런, 생쥐예요.

"고마워. 먼저 마음을 열어줘서." 아기 고양이의 이마와 등을 쓰다듬어 주었습니다. 제게도 참 소중한 먹이였을 텐데 '지금이에요. 받아주세요' 다가와 생쥐 선물을 한 아기 들고양이의 마음, 첫 입맞춤.

다음 날, 빈집 산수유 나무 아래 그 아이를 묻었습니다. 태어날 때부터 약하고 영 자라지도 않더니 그 며칠 전부턴 물 한 방울도 넘기지 못했어요. 전날 아침까지도 어미랑 형제가 품고 있었는데. 그래도 계속 조마조마했어요. 햇살에 따스해진 허브밭에 웅크리고 앉았기에 저도 살포시 안으니 심장소리를 들려 주었는데, 건강해지기를, 살아남기를 그렇게 기도했는데요, 전날 안아 준 것이 처음이자 마지막이라니. 안개와 이슬로 흠뻑 젖어 촉촉하고 향기로운 흙을 파며, 처음으로 한 생명을 위해 무덤을 지었습니다. 수련은 밤새 덮어 줬던 분홍 수건으로 감싸 안아 다시 흙의 품으로 아이를 돌려주었습니다. 그 위로 저는 산수유를 따 주며 부디 더 좋은 세상에 태어나길 빌

✝

148

었습니다. 선홍빛 산수유 열매 사이로 눈물이 뚝뚝. 수련은 아기와 열매와 눈물을 가을의 들꽃과 풀잎으로 덮어 주었습니다. 그런 몸으로 사람에게 선물을 하다니. 다시 태어날 수 있다면 아프지 않길. 나의 어린 들고양이.

온기를 더하는
비프스튜와 호밀빵

파랗게 드높은 하늘, 빨갛게 매달린 감들 덕분에 생각났습니다. 깊숙이 뜨거운 스튜와 흙맛이 스며든 호밀빵. 한 해 마지막 곡식을 거두며 돌아가는 10월, 이제는 온기를 품어야 할 때입니다.

스튜 한 스푼에 호밀빵 한 조각. 한입마다 데워지는 체온에 아, 은혜롭구나. 내게 일어나는 모든 일. 좋은 일도 나쁜 일도 조화로움이 아닐까. 나도, 기다림이 되어갑니다.

❀❀❀ 월인정원의 비프스튜 5인분 재료입니다

소고기 약 1kg, 제철 채소 약 1kg, 간장 2큰술, 약간의 쌀가루와 올리브 오일을 준비하고, 다시마 우린 물 2컵은 농도를 보며 넣습니다.

찜용 덩어리 소고기로는 사태나 설도를 추천합니다. 채소는 사과, 감자, 양파, 당근, 마늘 등이 있으면 좋고 생토마토, 또는 토마토 페이스트로 비프토마토스튜를 만들어도 맛있답니다. 슬로우쿠커로는 약 6시간, 두꺼운 냄비에는 약불로 3시간 정도 뭉근히 익힙니다.

❀❀❀ 비프스튜를 만들어요

덩어리 소고기는 핏물을 닦고 듬성듬성 큼직한 큐브 모양으로 잘라 줍니다. 갖은 제철 채소들도 같은 크기로 자르고요. 자른 소고기와 채소는 천일염, 후추로 밑간하고 소고기는 쌀가루나 밀가루로 훌훌 버무립니다. 뜨겁게 달군 팬에 올리브 오

‡

일을 약간 두르고 가루 옷을 입힌 소고기를 겉면만 익혀 단단히 만들어 주세요. 채소와 소고기를 찜용 용기에 넣고 간장 2큰술로 간하며 버무립니다. 허브가 있다면 넣어 주세요. 그리고 약한 불에서 천천히 익힙니다. 무수분 요리는 그대로 익히고 저수분 요리라면 다시마 우린 물 2컵 정도 넣습니다.

❀❀❀ 스튜가 익는 사이에 호밀빵을 구워요

우리밀 강력분 120g, 유기농 호밀 80g, 인스턴트 이스트 3g, 천일염 3g, 비정제 설탕 10g, 물 150g을 준비합니다. 24cm 팬 1개 분량으로 190℃ 오븐에서 25분 전후로 굽습니다.

먼저 미지근한 물에 이스트를 넣고 완전히 녹인 뒤 소금과 설탕도 녹여 줍니다. 우리밀과 호밀을 한꺼번에 체 쳐 넣고 주걱으로 꼼꼼히 섞으며 한 덩어리로 가볍게 뭉칩니다. 윗면이 마르지 않게 하여 실온에서 두 배 가까이 부풀면 1차 발효를 마칩니다. 한 덩어리로 가볍게 접어 주고 10분 정도 쉬게 합니다. 낮은 냄비나 전골팬이 있으면 오일을 꼼꼼히 바르고 밀가루도 체 치며 골고루 뿌려 줍니다. 반죽을 팬에 올리고 전체적으로 얇게 펴 줍니다. 예열한 오븐에 팬째 넣고 노릇한 정도로 굽습니다. 스튜에 곁들이는 가볍고 부드러운 식감의 호밀빵입니다.

가을맛 샌드위치

무엇보다 황홀한 들의 시간. 무르익은 곡식의 안도감, 그리고 이어지는 삶.
추수는 파종의 때, 알찬 곡식을 거두면 텅 빈 들녘은 이내 한숨을 고른 뒤
밀씨를 꼬옥 안을 것입니다.

꼬투리 영근 텃밭 울타리콩도 살큼 찌고 한여름 내 말려 오일에 담근 토마
토로 가을 맛 샌드위치를 만들어요. 7년째 오롯이 제 힘으로 열매 맺는 마
당 단감, 빠듯이 한 잎 한 잎 자라나는 텃밭 채소, 씨겨자에 버무린 삶은 달
걀, 그리고 이웃 마을의 산양 체다치즈와 크림치즈. 감사함이 켜켜이 쌓인
가을맛 샌드위치입니다.

화덕 바게트, 치아바타, 프레즐

2014년 11월, 구례 빵 동아리 마지막 수업이 있었습니다. 그래서 좀 더, 한 번 더 해 보고 싶은 빵이 바게트, 치아바타였고 또 한 번도 안 해 본 프레즐 등이었습니다. 함께 장작 화덕을 돌보며 마지막 빵까지 참 좋았습니다. 이제는 불을 피우고 지속하며 조절하는 일도 모두 익숙했습니다.

그렇죠. 제게는 밀이 자라는 시간이었습니다. 봄, 여름, 가을, 겨울 우리밀빵의 시간을 함께 맛보았습니다. 마을의 들과 그곳에서 난 밀. 누구도 혼자는 아니었습니다.

그동안 아껴 둔, 방앗간 밀로 천연 효모 마을 밀 바게트와 치아바타를 구웠습니다. 반죽도 전날 저녁부터 천천히 키웠고, 프레즐은 월인정원의 첫 책 〈힐링 브레드〉 배합입니다. 회분이 많아 갈색의 빵들이었지만 그래서 더욱 구수했어요.

치아바타는 화덕에서 구운 소시지를 곁들여 샌드위치를 만들고, 바게트는 샐러드와 천연 버터를 살짝 올려 먹었는데 아, 이렇게도 맛이 있을까 싶게 너무 근사했습니다.

이제는 빵이 잘되고 안되고는 중요한 게 아니었습니다. 태어난 그대로의 밀로 그곳의 사람들과 또 한 해 좋은 수업을 했습니다. 그로부터의 빵식탁은 서로를 위한 응원이자 위로입니다. 마음은, 감정은, 시간보다 깁니다.

전기 없이도 빵 굽기

마을 호밀 100% 천연 효모빵. 반죽 중량은 약 400g, 솥의 안쪽이 약 24cm
입니다. 반죽을 넣기 전에 뚜껑과 본체를 동시에 예열합니다. 본체 안에는
석쇠를 넣어 반죽을 띄워 주어야 대류열을 쓸 수 있습니다. 준비한 발효 반
죽을 테프론 시트 위에 올려 주어야 솥에 넣고 빼기가 수월하답니다. 중불
에 올려 뚜껑을 닫고 10분 전후로 둡니다. 그 사이에 진한 빵 냄새가 나면
약불로 줄이며 속까지 완전히 익힙니다. 윗색도 잘 내려면 뚜껑을 더욱 뜨
겁게 예열하거나 토치 등으로 뚜껑에 열을 분사하여 줄 수도 있습니다. 또
는 가마솥이 아닌 더치 오븐의 경우 위아래 팬을 중간에 바꿔 구워도 됩니
다. 뚜껑이 무거울수록 열과 압력 보존력이 좋습니다.
더 이상 단순할 수 없는 배합, 더 이상 간단할 수 없는 반죽, 더할 수도 뺄 수
도 없는 원형의 우리밀빵을 생각합니다.

159

별의 사랑 그리고 아이들

지구별에 처음 온 풍산개 별의 아이들, 그러니 처음부터 나는 사랑할 수밖에 없었습니다. 언제나 생각하고 있습니다. 얼마나 컸을까, 행복할까. 별이 품었던, 그녀가 가장 사랑한 아이들.

별은 두 살이 되던 해에 처음이자 마지막으로 아이들을 낳았어요. 강아지들 아빠 불무 역시 풍산개로 별이보다 6개월 정도는 어렸어요. 인연이 닿아 수련의 집에서 일주일쯤 같이 지냈는데, 둘 다 이성이라곤 첫 만남이었답니다. 불무가 돌아간 뒤 별의 배가 조금씩 불러왔습니다. 두 달 뒤 수컷 셋에 암컷 하나가 태어났는데, 쌍꺼풀이 동그란 눈에 복슬복슬 너무 사랑스러웠답니다.

그리고 종 특유의 늑대를 닮은 야성과 체력, 활기에 별도 사람 가족도 육아 전쟁이 이루 말할 수 없었어요. '풍산개 세 마리면 범을 잡는다'는 옛말처럼 그들은 타고난 사냥꾼이거든요. 그런만큼 영리하고 예민해서 생후 3개월 전에 주인을 정한다고 해요. 그래서 그 전에 아빠 불무네가 데려가기로 했어요.

그날은 비가 하루 종일 왔는데 불무네 일가친척 네 가구가 네 대의 차로 와서 한 마리씩 차례로 보듬고 갔답니다. 별은 그날따라 너무 힘들었는지 업어 가도 모를 정도로 그만 잠들어 버렸어요. 마침 부산에서 몇 개월 만에 수

련이 돌아오자 한꺼번에 긴장이 풀어졌던가 봅니다. 강아지들은 평소에도 울지는 않아서 방글방글 그대로 낯선 사람들 품에 안기어 살짝 떠났습니다. 별은 잠시 뒤 깨어났지만 아이들이 온 데 간 데 보이지 않았죠. 그로부터 수개월을, 한 1년은 깊은 우울증을 앓았답니다. 먹지도 자지도 않고 집안 곳곳 아이들을 찾았어요. 아기보다 훨씬 작은 통 안도 찾아보고 벽장과 틈 사이를 언제까지나 뒤졌습니다. 지켜보아야 하는 인간 가족도 그저 슬프고 불쌍하고 미안했습니다. 사람의 말이 통한다 해도 물론 이해될 일은 아니었습니다.

아이들은 불무네 일가에서 하나같이 사랑받으며 건강하다는 소식을 종종 들었습니다. 그래서 정말 다행입니다. 2년 전부터는 뒷집 강아지 복순이도 수련과 같이 살고 있습니다. 학대가 있어서 엄니가 바로 안아 와 입양을 했어요. 옛날 일은 떠오르지 않길, 바닷가 소라처럼 말갛게 살아가라고 소라라, 이름 지었어요. 그래서 이제는 별과 소라, 수련이 다섯 마리의 들고양이들과 대식구를 이루며 살아갑니다. 강아지들은 행복할까요? 아마 그렇다고 생각합니다. 수련과 저도 덕분에 더 행복하거든요.

별을 처음 만났을 때 새까만 눈동자가 하도 반짝거려서 밤하늘의 별빛을 보는 듯 했어요. 집에 온 날, 그대로 안고 산책을 나갔던 날이 지금도 한번씩 생각납니다. 생후 2개월 된 강아지가 낯선 엄마에게 푹 안겨 계속 뒤돌아보며 저를 챙기고 있었습니다. 조심스레 내려주니 쉬를 하고 다시 쏙 안겨 집에 왔습니다. 그 뒤로도 집에서 용변을 본 적은 없습니다. 덕분에 비가 오나 눈이 오나 우리 넷은 아침마다 산책을 하게 되었지요. 별은 우리 가족에 깃든, 가장 순수한 생명체이자 사랑입니다.

겨울이 온다, 빵 동아리 졸업 소풍

2014년 11월 26일, 악양으로 빵 동아리 졸업 소풍을 갔습니다. 드넓은 들, 500살 나무님 아래 이웃의 뜰에서 자란 애기사과와 모과, 수레국화를 놓아 드렸어요. 월인정원이 드릴 수 있는 가장 아름다운 바람을요. 빵이 되어가는 이들의 시간, 꿈. 나무님 앞에서 저는 앞으로 이들이 어떤 향과 어떤 맛과 어떤 감정의 빵이 될지, 고요히 여쭤보고 싶었습니다. 우리의 졸업 소풍. 매번 이런 날이 오면, 아주 못 볼까 눈에 그득히 마음에도 꼭꼭 새겨 두고 있습니다. 그대들은 몰랐을 거예요. 평소에도 무덤덤하고 엄한 선생이라 서운하지는 않았을까요. 사실은 늘 보고 있지요. 눈을 뗄 수가 없었거든요. 선생에게 가장 소중한 보물은 학생이니까요. 희망은, 배우는 이가 없다면 한 치도 앞으로 나아갈 수 없습니다. 마을의 밀로 빵을 굽는 우리가 없다면 마을의 빵도 없겠지요. 마을은 처음 마음, 오랜 우리가 온 곳입니다. 함께 시작한 삶을 잊지 않게 오랜 마을이 해마다 살아 내길 빕니다.

당신들과의 마지막 소풍, 그날의 아름다움을 잊을 수 없습니다. 마치 무르익은 봄날 같았어요. 겨울이 오기 전, 꿈인가 싶었습니다. 그리고 마음 한쪽이 시큰거렸어요. 봄, 여름, 가을, 겨울, 제때에 이르는 반죽의 몸과 기분, 그 감정들을 함께 지켜보고 싶었습니다.

빵은 혼자서 이야기할 수 없습니다. 빵은 나눠지지 않으면 먹을 수 없으니까요. 먹을 수 없는 것이 먹을 수 있는 것이 되고, 살 수 없는 것이 살 수 있는 것이 되고, 가장 작은 것이 가장 거대한 것이 되는, 신비.

그대들은 내게 소중한 사람입니다. 전하는 이에게 전해진 이는 언제나 그러하다는 것을 기억하고 나아가길 두 손 모읍니다. 물론, 뒷걸음질 치거나 되돌아갈지도 모릅니다. 그래도 잘못되는 건 없습니다. 그러함도 가능성이고 그럴 수 있음도 용기이지 실패나 실수가 아닙니다. 무엇이 좋고 나쁜지 누가 확신할 수 있을까요. 어떤 일에든 그 무엇이든 균형을 볼 수 있었으면 합니다. 그래서 우리는 인과 그 자체입니다. 이 이야기를, 들에서 자라나 물이 키우고 불에서 태어나는, 밀의 가장 아름다운 모습, 빵이라는 들의 전령에게서 직접 들었으면 했습니다. 함께한 배움은 이것이 전부입니다.

10분 사과파이와
빵푸딩

우리가 사과파이에게 원하는 것은, 사실 좀 덜 달고 기름기 없이 바삭바삭 담백한 파이지에 먹을 때 마구 떨어지지 않고 먹고 나서도 입안이 개운하고 소화가 잘 되면 좋겠다는 바람.

🌸🌸 10분 사과파이 만들기!
준비는 제철 사과 한 알, 남은 빵 두세 장, 직화팬 하나!

하나, 아삭한 붉은 사과를 얄팍하게 반달썰기 합니다.
둘, 팬에 기름을 두르지 않고 나란히 얹어 노릇하게 구워요. 코코넛 오일로 구우면 향이 더해져 한층 맛있어집니다.
셋, 남은 빵 조각을 바삭하게 굽습니다.
넷, 따듯해진 빵 위에 구운 사과를 올려 1-2분 더 구우면 완성이지요!

✣

✤✤✤ 10분 빵푸딩과 빵그라탕 만들기!

남은 빵 자투리, 우유 적당량, 달걀 1개, 비정제 설탕 또는 꿀 조금, 치즈를 준비해 주세요. 우유와 달걀을 합친 양은 빵을 흠뻑 적실 정도입니다!

하나, 굳어버린 빵 자투리를 한입 크기로 뜯어 둡니다.
둘, 볼에 우유, 달걀, 설탕을 조금 넣고 한꺼번에 거품기나 포크로 섞어 주세요.
셋, 볼에 잘라 둔 빵을 넣고 버물버물한 뒤 부드럽게 재우고. (마침, 살라미 자투리와 말린 사과가 있어 투척!)
넷, 오븐이 있으면 전용 팬에 넣고 170℃에서 약 10분 익히고 없으면 프라이팬에 노릇하게 익혀 주세요.

빵그라탕은 세 번째 단계에서 재료 사이사이 치즈 자투리를 뿌려 주고 마지막 빵 윗면에도 치즈를 올려 타지 않게 구워 줍니다.

비 건
고구마 케이크

깜짝 놀랄 만큼 포슬포슬하고 달콤한 고구마 케이크랍니다. 한 조각 덜어낼 때도 단면이 깔끔하고, 포크로 쏘옥 먹는 케이크지요. 이처럼 풍요로운 맛은 어디에서 온 것일까요. 포근한 고구마 한 알의 비밀.

❀❀ 고구마 케이크 재료, 미리 계량해주세요

우리밀 100g, 밤고구마 200g, 천일염 1g, 비정제 설탕 30g, 식물유 30g, 꿀 20g, 녹차나 물 30g, 베이킹파우더 3g, 볶은 오트밀 적당량, 그리고 집에 있다면 홍차 잎 2g, 견과 씨앗 2g, 계피가루 좋아하면 1g입니다.

기호와 쓰임에 맞춰 설탕과 오일을 조절하세요. 적당한 농도는, 밀가루 반죽이 고구마와 겉돌지 않고 버무려지는 정도예요. 수분이 많은 고구마라면 물 20g만 넣고 버무려 보고 그래도 반죽이 잘 어우러지지 않으면 조금씩 더 넣어 봅니다.

❀❀ 고구마 케이크 만드는 방법입니다

고구마를 손가락 한 마디 정도 크기로 껍질째 깍둑썰기 합니다. 오일에 소금, 설탕을 넣고 거품기로 섞어 주세요. 우리밀, 베이킹파우더 등 가루 재료는 한꺼번에 체 쳐서 볼에 담고, 고구마와 부재료 등을 얹어 버무리듯 위아래 가볍게 섞어 줍니다. 소보로처럼 크게 뭉쳐진 덩어리는 잘게 나눠가며 부슬부슬 섞고 액체 재료를 넣어 재빠르게 버무립니다. 오븐용기에 소복이 넣고 완전히 익을 때까지 천천히 구워 줍니다.

‡

오븐용기 사용 시 오븐 아랫단에서 230℃로 20분, 180℃ 20분 굽고, 중간 단에서 160℃ 15분 오트밀이 바삭해질 때까지 굽습니다.

보통 크기의 머핀용 베이킹 컵으로는 머핀 4개 정도가 나오는데요, 컵에는 오트밀을 깔지 못하니 수분양도 20-25g 정도로 줄여 주세요. 180℃로 예열한 오븐에 15분, 160℃에서 10분 굽는데, 수분을 충분히 날려야 질어지지 않으므로 적어도 20분 이상은 굽습니다. 아참, 조각케이크로 드시려면 한 김 식힌 후 잘라야 으스러지지 않아요!

비건 사과 케이크도 만들어요!

같은 방법으로 비건 사과 케이크도 만들 수 있지요. 고구마 대신 사과가 들어가며 재료 배합만 조금 달라집니다. 사과의 수분이 남지 않게 충분히 구워 주세요.

재료는 붉은 사과 1개 150g, 우리밀 100g, 천일염 한 꼬집, 비정제 설탕 35(25)g, 식물유 30(20)g, 꿀 15(10)g, 녹차나 물 20-30g, 베이킹파우더 3g. 볶은 오트밀 적당량, 집에 있으면 홍차 잎 2g, 견과씨앗 2g, 계피가루 좋아하면 1g 넣어줍니다.

구례에서 화개, 그리고 다시 구례로

구례에서의 교육이 마무리될 즈음, 빵 동아리 졸업생 한 분이 화개에 빈 공간이 있으니 보러 가자 했습니다. 십리 벚꽃길과 화개천이 흐르는 기슭에 40평이나 되는 여백이 대단했습니다. 한 번에 50여 명의 빵식탁이 가능한 공간과 입지였습니다. 아무래도 역량 밖이라 발길을 돌렸지만 화개와의 인연은 결코 가볍지 않았어요. 또 수백 개의 곡절 끝에 2015년 11월, 오프닝을 겸한 밀 파종 식탁을 열었습니다. 하루 전날 특강에 70여 명, 오픈일 빵식탁에는 70여 명에 프리마켓 셀러까지 200여 명이 참가했는데, 구경 오신 분들까지는 셀 수가 없었어요. 그야말로 넘치는 기대와 축하를 받았습니다.

'화개, 달의 부엌'은 월인정원의 농가밀빵 이야기를 시각화하는 일종의 쇼케이스이자 커다란 빵식탁이며 완결된 교육장이었습니다. 가정식 농가밀빵을 배우고 그 빵의 일상적 쓰임과 응용, 나눔, 그 즐거움까지도 맛볼 수 있었으면 했습니다. 그렇다면 나부터, 우리밀빵 교사로서의 큰 꿈을 현실로 불러내자 맘먹었습니다. 바로 학교, 아카데미였습니다.

🌱 농가밀빵 아카데미

2016년 3월부터 12월까지 농가밀빵 아카데미를 열었습니다. 한 달에 한 번,

한자리에 전국 각지의 30여 명 학생들이 모였습니다. 시연회와 빵식탁을 결합하는 학기제 수업이었지요.

수업은 다음과 같았습니다. 3월은 바게트와 호밀빵, 4월은 깜파뉴와 4월 꽃 액종빵, 5월은 크루아상과 롤케이크, 6월은 맥주 호밀빵과 식탁 차림, 9월은 바게트와 치아바타, 10월은 루스틱과 10월 열매 액종빵, 11월은 치유의 빵과 당근 케이크, 12월은 팥을 주제로 단팥빵, 앙버터빵, 단팥죽을 만들고 또 마지막 수업에는 젤라또, 하몽, 초콜릿, 마을에빵 바게트 시연을 했답니다. 분야별 전문적 역량의 선생님과 농가밀을 주제로 다양한 해석과 실습을 적용했습니다. 저도 4월과 9월을 맡아 제철 야생효모 액종빵을 시연했지요. 학기말 소풍은 1학기엔 우리밀 제분소를 견학하고 2학기는 졸업식으로 아카데미를 종강했습니다. 1년이나, 천릿길도 마다않고 달려오신 이들과 최선의 강의를 열어 주신 선생님들로 매월 놀라운 배움과 감동의 연속이었습니다. 진심으로 감사드립니다.

이처럼 월인정원의 수업이나 빵식탁은 언제나 혼자 할 수 있는 일은 아니었습니다. 가진 힘을 모두 끌어내어 어떻게든 걸어 올 수 있었던 건 옆에서 늘 애써 준 이웃과 가족, 마을에빵 작업자들 덕분입니다. 이러한 날이 올까 알 수 없었지만 단지 누구보다 믿고 또 믿고 믿었습니다.

개인적으로는 아카데미를 마치며 참 많은 생각이 정리되었습니다. 역시 한 개인이 할 수 없는 일인 것도 알았지만 그럴지라도 해야 하는 일이라 되새겼습니다. 7년간의 우리밀빵 교사로서 남은 마지막 한 방울의 에너지였습니다. 그러니 한순간도 소홀할 수 없었습니다. 물론 댓가도 따랐습니다. 많으면 40-50명 수업과 빵식탁을 거의 혼자 움직이니 무리가 왔습니다. 틈이 날 때마다 잠들었습니다. 그러다 바로 깨어났습니다. 꿈이 현실이었으니까요.

그동안 월인정원을 다녀간 학생을 헤아려 보니 2천여 명. 농가밀빵 아카데미를 마치자 화개 수업장도 고개를 끄덕이듯 인연이 다했습니다.

2017년 4월까지 머물고 공간을 비워야 했습니다. 20개월 남짓의 시간, 물론 아쉽고 생각보다는 빠른 이별이었지만 한편으로는 예견한 일이었습니다. 저는 늘 밀밭으로 돌아가고 싶었거든요.

졸업을 축하합니다~!

밀씨를

움 틔우는

들

밀밭에서 꾸는 꿈

'바람이 간절하면 언제가 되더라도 그 때에 이룬다'는 믿음이 있습니다.
그 언젠가 은발의 선배에게 자유와 행복을 묻던 나, 다른 삶을 위해 현재의
삶을 바꾸려 한 나, 원하는 삶으로 새로운 내가 되려던 나, 새로운 삶으로
걸어온 나. 그래서 행복할까요? 더는 외롭지 않을까요?

꿈을 찾아가는 저의 첫 여행은 지도가 없었습니다. 어떻게 가야할까요? 해
볼 수 있는 건 단지 마음길을 따르는 하루였습니다. 날마다, 그렇게 3천여
일이 흘렀습니다.

오랜 여행을 마치고 집으로 돌아오는 계절은 밀씨를 품는 들의 시간입니
다. 마침 오늘 농부의 파종을 지켜보았습니다. 문득, 행복도 농사를 짓듯 일
상을 짓는 태도나 습관이 아닌가, 나의 일상도 늘 이런저런 이유로 좋았다
나빴다 하지만 그렇다고 불행할 필요도 행복하지 않을 이유도 없었습니다.
어떤 감정을 내 안으로 받아들일지는 나만의 선택이었어요. 처음 길에서
만난 실수와 실패, 아픔이 없었다면 아직도 내 행복의 방식을 배울 수 없었
을 것입니다.

밀의 일생으로 보자면 어쩌면 저도 지금, 맛있는 빵으로 구워지는 중인지
모릅니다.

✠

🍃 처음 어떤 꿈

밀밭 곁에서 빵을 굽다 보면 문득 집이, 장소가 주인을 정한다는 얘기가 있는데 정말 그런가 싶기도 합니다.

늦은 봄에 화개를 떠나 몇 개월간 거의 구례 전역을 다녔습니다. 토박이만 알고 지내는 마을 집도 보러 다녔지만 어디에도 자리할 수 없었습니다. 어떤 집은 맘에 꼭 들어 이사를 가려다 갑작스레 중단되기도 했어요. 땅이나 집을 살만한 여유가 있다면 쉬웠을지도 모릅니다. 그러던 어느 날 홍순영 농부님 소개로 한 마을의 50년 된 한옥을 연세로 빌릴 수 있었습니다. 여름이면 능소화꽃 대문을 열고 성큼, 열 걸음이면 밀밭입니다. 햇밀을 신선하게 보관할 저온창고도 있고요. 마침내 저는 그토록 바라던 곳에 왔습니다. 2018년 1월 3일, 12년 전 블로그에 쓴 글을 읽었습니다. 구례에서 품은 처음 꿈이 현실이 되었음을 알았습니다.

•

봄은 오지 않았지만 꽃봉오리를 맺다. 목련에게 중요한 건 달력의 계절보다 꽃을 피울 수 있는 온기인가. 광의면에서 만난 어떤 꿈 하나.

빵을 만들 부엌이 생긴다면. 나 또한, 큰 들의 어느 밀밭을 눈에 담아 두고 그로부터 씨앗이 밀 싹으로 자라나는 것을 지켜볼 테지. 햇빛과 비와 바람이 키운 들의 그해 밀들, 그 마음을 나는 헤아리고 싶지. 속껍질에 싸인 채로 부엌에 와선 그때그때 껍질째 갈아 우물에서 길어 온 물을 더해 가장 신선한 반죽을 빚어. 자연이 낳아 기른 효모로 마침내 밀의 가장 아름다운 모습, 빵으로 구워질 테지. 온기가 있다면 꽃은 피어날 테지. 사람은 이곳에서 마을의 시간을 닮은 빵을 만들고 화덕은 조용히 타오르며, 늙어버린 이들의

✝

식었던 체온도 고였던 사랑도 멈췄던 얘기도 다시 시작되지. 늙은이는 밀이
되고 밀은 젊은이가 되는 삶의 신비와 아름다움을 비로소 볼 수 있다면
살아있는 일이, 살아가는 일이 오직 고맙다고. 시간의 기쁨을 위해 그 어떤
꿈의 당신에게.

2006. 12. 29

✢

겨 울 마 을 ,
코 티 지 쿠 키

진흙으로 인간의 형상을 빚었다는 창세기, 그래서인지 빵 반죽의 고대어도
진흙에서 왔습니다. 빵의 어원을 이리저리 찾아 요약해 보았습니다.

> '빵을 의미하는 러시아어는 흘렙chleb, 즉 흙으로 폴란드와 체코에서도 빵을
> 흘렙이라 하며 어원 또한 흙을 뜻하는 라틴어 글레바gleba와 같다. 독일인
> 역시 빵을 뜻하는 단어로 브로트brot를 쓰기 전엔 라이프laib라 하였는데
> 이는 '끈적거리는 덩어리'를 의미한다. 앵글로색슨어로 빵을 뜻하는 단어
> 라프hlaf(loaf: 덩어리빵)의 어원은 라틴어 글레바glb(경작지의 흙덩이를
> 뜻하는 globe로 발전됨)로 브레드bread는 '부수다, 깨뜨리다'를 뜻하는
> 브레이크break와 관련이 있을 것으로 추정된다.'

어원으로 볼 때도 빵은 흙의 자식이며 인류가 흙에서 일궈낸 생명인 것입
니다. 처음엔 단지 밀의 가루, 동물의 젖, 식물의 즙, 바닷물의 결정체였으
나 때가 되자 한데 섞여 누구도 떼어 놓을 수 없는 한 덩어리가 됩니다. 창
조하는 이의 마음으로 빚어진 사람, 동물, 나무, 별, 세상, 겨울 마을이 태어
납니다. 애초에 혼자인 존재는 없습니다. 존재란 서로를 위해 설계되었고
부족한 점은 채울 수 있도록 연결되었습니다. 태어난 모든 것은 그렇게 살
아가도록, 그렇게 사라지도록 되어 있고, 그로 인해 좀 더 나은 존재가 되는
것이 창조의 이유가 아닐까요.

☦

❀❀❀ 코티지치즈 쿠키 재료를 준비해 보지요

우리밀 통밀 100g, 비정제 설탕 25g, 천일염 한 꼬집, 코티지치즈 50g(없다면 다른 치즈로 대체), 우유 30g

❀❀❀ 흙에서 태어난 듯한 코티지치즈 쿠키 만드는 순서입니다

하나, 볼에 소금, 설탕, 실온의 코티지치즈를 넣고 거품기로 부드럽게 섞어 줍니다.

둘, 두세 번 체 친 가루 재료도 넣고 주걱으로 가르듯이 섞다가 손바닥으로 부슬부슬 빠르게 비벼줍니다. 전체 가루 입자가 고른 콩알 크기로 나눠지면 좋습니다.

셋, 우유를 조금씩 부으며 손으로 가볍게 반죽을 접어 대충 한 덩어리로 만듭니다.

넷, 위생비닐에 넣고 10-30분 정도 휴지합니다. 휴지를 하면 재료와 수분이 서로 스며들어 반죽이 촉촉해집니다.

다섯, 위생비닐을 두 장 준비하여 사이에 반죽을 넣고 0.3cm 두께로 밀어 폅니다. 또는 덧밀가루를 도마에 흩뿌려가며 밀어 줍니다. 모양틀이 있으면 찍어내고 없으면 스크레이퍼나 칼로 격자 금을 그어줍니다. 작은 쿠키 25~30여 개 정도 나오는 반죽입니다.

여섯, 오븐시트(테프론시트나 종이호일)를 깔고 쿠키를 엇갈리게 올립니다. 사이사이 열이 돌아다닐 수 있어야 고루 구워지죠. 참, 크리스마스 트리 등을 장식할 때 쓸 쿠키라면 실을 꿸 구멍을 반죽에 미리 내 주세요.

일곱, 170℃에서 10분 전후로 황금빛이 나도록 굽습니다.

✞

코티지치즈 만들기

코티지치즈는 우유에 식초나 레몬즙을 넣어 단백질을 응고시킨, 가장 단순한 형태의 무발효 생치즈입니다.

재료로 우유 1L, 식초나 레몬즙 20g을 준비합니다.

생치즈로 먹는다면 소금과 후추로 기본 간을 하고, 향을 더하려면 허브나 향신료 등을 뿌려 줍니다. 생치즈는 수분량이 높아서 장기 보관할 경우에는 깍둑썰기해서 올리브오일에 담가 둡니다. 2주 안에 먹는다면 완전 밀봉해 냉장보관합니다. 유청은 단백질과 미네랄, 비타민, 칼슘이 녹아 있어 한 방울도 버릴 게 없습니다. 핫케이크, 와플, 스콘, 스프 베이스에 쓰거나 클렌

저, 식물영양제로도 쓰면 좋습니다. 샐러드나 치즈케이크로 즐기는 리코타치즈도 만드는 방법은 같습니다. 레시피는 우유와 생크림을 2(1000g):1(500g)로 준비합니다. 그외 레몬즙이나(1T) 식초(2.5T), 소금 조금. 치즈양은 약 370g이 나오며 15cm 크림치즈케이크 두 개는 만들 수 있습니다.

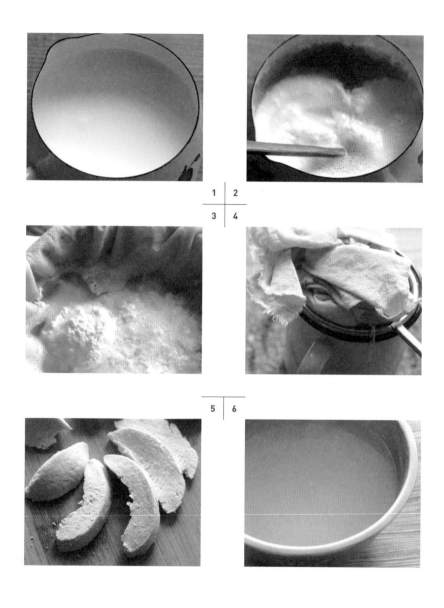

1 냄비에 우유를 넣고 약불로 데웁니다. 2 우유가 가장자리부터 끓기 시작하면 (막이 생기기 전 80-90℃) 식초나 레몬즙을 넣고 젓지 말고 둡니다. 한참 끓을 때 산을 넣으면 치즈가 응고되지 않으니 주의! 3 유청과 치즈가 분리되면 면 보자기를 걸쳐 볼에 붓습니다. 4 그대로 망에 밭쳐 남은 물기를 마저 거두어요. 5 뜨거운 물에 담근 칼로 단박에 썰어 줍니다. 머뭇거리면 으깨져요. 6 생치즈 80-100g, 유청 740-750g을 얻을 수 있습니다.

얼음의 온기

언젠가 내셔널지오그래픽 채널에서 본 북극 이야기가 떠오릅니다. 마침 저는 호시노 미치오의 〈여행하는 나무〉를 읽는 중이었어요. 화면 안팎으로 같은 공간의 다른 얘기가 펼쳐지고 있었습니다. 얼어붙은 알래스카. 눈보라 속에 얼핏 보이는 통나무집과 눈썰매 그리고 한 여성. 그녀는 눈썰매꾼이었습니다. "이 일은, 내 삶의 의미입니다. 다른 어떤 것도 더 이상은 필요 없답니다." 그리곤 수줍게 웃는 그녀의 달콤하고도 충만한 얼굴.

추운 곳이 따뜻한 곳보다 사람의 마음을 더 훈훈하게 만든다는, 떨어져 있으면 사람과 사람이 더 가까워진다는 알래스카의 얘기를 에스키모들이 미치오의 아내에게 귀띔합니다. 매서운 바람이 휘몰아치는 설원에서 태어나는 카리부 사슴의 새끼나 영하 60℃ 추위 속에서도 즐겁게 지저귀는 검은 방울새의 노래처럼 극한의 차가움마저 품어 안는 생명의 따뜻함.

나는 농가밀빵 작업자입니다

저의 첫 '우리밀'은 2004년 우리밀살리기운동본부에서 나오는 우리밀 통밀
가루였습니다. 먼저 동네 주민자치센터에서 수입밀로 빵 만들기를 배운 뒤
에 고대하던 우리밀빵 만들기를 시작했습니다. 처음에는 실력이 너무 없어
서 시중의 빵과 많이 다르구나 했는데 먹을 수 있는 빵을 굽게 되어서도 아
쉬운 점들이 이어졌어요. 쉽게 떡지고 질겨지거나 또는 끊기는 듯한 식감에
(나중에 알고 보니 우리밀은 밀 단백질인 글루텐이 적고 연한 편이에요. 그래서 빵 만들
기도 서양밀과는 다르다 여겨집니다.) 특유의 밀 냄새도 있었습니다. 갓 수확한
밀 향기를 상상한 것은 너무 큰 기대였을까요.

2006년, 구례로 이사 와서 다음 해부터 마을 햇밀로 빵을 구워볼 수 있었습
니다. 내가 먹는 밀이 어디에서 왔는지 누가 키웠는지 어떻게 밀가루가 되
었는지를 아는 첫 빵이었습니다. 농부에게서 밀알을 직접 받아 옆 마을 정
미소에서 겉껍질을 벗기고 집에서 믹서기로 곱게 갈았습니다. 두근두근 첫
식빵을 구웠는데 세상에나, 마당까지도 온통 달콤한 들꽃 향과 신선한 곡
물 향이 그득했습니다. 막 구운 식빵을 손으로 뜯어 한입 머금는 순간, 신
음소리가 터질 만큼 맛있었어요. 대체 어떻게 된 일인지 직접 알아보고 싶
었습니다. 다행히 다음 해부터 옆마을 농부의 밀농사를 지켜볼 수 있었습
니다.

✝

햇밀은 빵이 되면서도 빵 효모와 반응하여 매년, 매월, 매일 성질이 달라졌습니다. 자연현상처럼 미리 알 수 없다 할까요. 그로부터 3년여간 기록한 옆마을 밀 맛과 향은 또 2007년에 처음 맛본 우리 마을밀과도 아예 달랐습니다. 농지, 농법의 차이일까요? 제빵성도 인근 우리밀 제분공장의 밀과 큰 차이가 있었습니다. 글루텐이라도 조금 넣어야 부드럽게 그만큼이라도 부풀었거든요. 그렇다면 제분의 차이일까요? 까닭을 알아야 했습니다. 전국 햇밀 생산지와 방앗간, 제분소를 다니며 생산자별 밀알과 산지 흙을 조사, 수집하고 (최소 3년에서 10여 년 동안의 농지 이력, 농법, 농사관 등) 마을 밀알을 들고 자가제분, 국내 맷돌식 제분, 수입 맷돌식 제분과 롤러식, 분쇄식 제분 현장을 찾아 다녔습니다. 비행기를 타고 제주도와 멀리는 일본의 여러 지역 밀과 제분 데이터도 가능한 모아 왔습니다. 그래서 2009년부터는 '내가 아는 마을밀'을 우리밀 중에서도, '농가밀'이란 이름으로 구분했습니다. 이후에도 수업에 오는 외국인 학생들에게 미리 부탁해서 자국 내 농가나 자연농, 유기농법 밀알과 밀가루를 조사했습니다. 프랑스, 독일, 덴마크, 유럽 등지의 밀과 2016년 일본의 도쿄 근교 마치다산 전립분밀, 교토 근교 시가현 농가 스펠트밀, 오사카 유기농 밀, 후쿠오카 이토시마 자연농 호밀 등의 밀입니다. 올해 2020년을 맞았으니 나는 열네 살 된 농가밀빵 작업자입니다.

🖋 우리밀은 어떤 밀인가요?

'우리밀'이란 '우리나라에서 나는 밀'입니다. 그렇다면 외국밀 종자를 심어도 우리밀일까요? 제 생각에는 종자의 토착화, 자가채종이 핵심입니다. 농사에서 3년, 5년은 짧은 시간이기에 적어도 10년을 이어 보면 지속 가능성도 염두에 둘 수 있으리라 싶습니다. 그즈음에는 밀의 성질이 토착화하면서 점점 여느 우리밀을 닮아갑니다. 그리고 제아무리 빵용 밀이라도 그 씨앗이란 처한 환경과 조건에 조응하므로 해당 성질 또한 달라질 수 있습니다. 수년간 외국밀 종자 몇 가지를 여러 해 심으며 지켜보니 수년 이후로는 잘 이어지지 못했습니다. 파종과 수확, 제분에서 우리 밀농사 실정에는 잘 맞지 않았습니다. 만약 그 한두 가지 밀만이 전부이거나 극소량의 농사라면 모르지만요. 그래서 역시, 우리밀은 우리에게 가장 자연스러운 밀이구나 단단히 실감했습니다.

다음으로 우리밀은 주로 대기업이나 우리밀 가공 공장, 제분소, 중개 유통 업체가 보통 계약재배로 수매, 가공, 판매합니다. (2019년부터는 국가 밀수매가 시작되었는데 무려 30년 만이라 합니다.) 예를 들어 구례 광의면에 있는 우리밀 가공 공장에서도 전 지역에서 모여드는 우리밀을 수매하여 연중 상시 제분, 가공합니다. 그중 전남, 전북과 경남 지역의 우리밀 대부분을 수매한다고 합니다. 그런데 취급 유통사나 우리밀 빵집, 교육장 등에서 '구례산 우리밀'로 판매, 광고하는 일이 빈번합니다. 이는 밀의 산지와 밀의 가공지를 혼동한 경우입니다. 따라서 우리밀을 지키려면 관심을 넘어서 올바른 이해와 정확한 정보가 필요합니다. 참고로 2019년 기준 우리밀 자급률은 0.8%로 2017년 1.7%보다 감소하였으며 재고량은 2019년 4월 말 기준 1만 4천톤이라 합니다.

한편 수매 시 품종별 분류도 낟알 상태만으론 사실상 불가능할 텐데요. (무엇보다 쌀처럼 생산이력제가 없으며 실제 경험이 많은 농부나 제분가도 확신하기 힘듭니다.) 제분 시기마다 작게는 밀가루 포대마다 제빵성이나 품질, 향과 맛의 차이가 있었습니다. 그래서인지 우리밀은 국수, 수제비, 부침개 등에 쓰는

⁜

다목적용 밀가루가 많습니다. 제빵 성질로는 중력분 정도로 보이는데 요즘은 빵용 우리밀가루도 나옵니다. 이러한 밀은 보통 계약재배로 우리밀 중에서도 강력분 밀로 분류되는 금강밀과 조경밀 등입니다. 하지만 같은 품종이라도 생산지별 성질까지 똑같기란 어려우므로 그 안에서도 제품의 용도별 가공이 필요합니다.

우리밀 통밀, 백밀의 기준도 브랜드, 제조사마다 다릅니다. 다시 말하자면 밀기울이 얼마만큼 포함되어야 통밀이나 백밀로 규정하는지 법적 기준이 없습니다. '** 우리밀 통밀', '** 우리밀 백밀'도 업체별 '제품명'임을 제조사에 직접 듣고 앗, 깜짝 놀랐던 기억이 있습니다.

🍃 농가밀이란 어떤 밀인가요?

농가밀은 하나의 농가에서 재배한 단일한 성질의 밀로 생산이력(농지, 농법, 품종, 생산자, 파종일, 수확일, 제분일, 제분방식, 제분처 등)을 아는 밀이라 정의해 보았습니다.

단일 산지의 인근 농가라 하더라도 한데 혼합하여 제분하지 않는 밀. 직접 생산하고 제분하여 소비자에게 건네주는, 다시 말하자면 들에서 바로 건너오는 밀, 그 어떤 가공이나 훈증 처리를 하지 않은 자연스러운 밀입니다.

농가밀의 가장 중요한 근거는 '농지'며 가장 소중한 존재는 '농부'입니다. 그러므로 농가밀의 이름은 곧 생산지와 농부의 이름입니다. 따라서 농가밀 빵에는 농가마다 고유한 맛과 향, 시간이 각인되며 농부와 제빵사, 소비자의 생각과 입장, 경험이 연결됩니다. 나눠 먹을 수 있는 인문학입니다!

⚜

농가밀은 생산이력이 검증된 우리밀입니다.

– 이 밀의 농지와 농법, 품종은 무엇인가요?

– 이 밀의 생산자는 누구인가요?

– 이 밀의 파종일과 수확, 제분일은 언제인가요?

– 이 밀의 제분 방식과 제분소는 어디인가요?

우리밀도 품종과 농법을 뒤섞어 제분하지 않고 저마다의 특성과 맛을 있는 그대로 살린다면 어떨까요. 물론 어렵고 힘겹지만 기본의 일, 다름을 존중하고 지켜 가면 좋겠습니다.

국내산 농가호밀 공급기

2013년 1월, 대기업의 갑작스런 수매 중단으로 구례 통호밀 2톤이 오도 가도 못한다는 이야기를 들었습니다. 지금도 국내산 호밀은 구하기 어렵지만 당시는 들어 보지도 못했던 시기라 곧바로 홈베이커들과 연결하고 싶었습니다. 구례산이라는 이야기는 들었지만 생산자는 모르는 채 알고 지내던 제분소와 판매처 덕분에 일은 순조롭게 풀렸습니다. 나흘 만에 700kg을 선주문 받아 이틀 만에 제분하여 2월 4일 마지막 배송까지 2톤 전부를 나눠 먹었어요. 정말 아름답고 놀라웠습니다. 이름도 모르는 호밀 농부와 일개 블로거의 마음이 전국 곳곳에 연결되었으니까요. 싱그러운 건초향에 깊은 흙맛이 느껴지는, 달콤하고 무엇보다 너무나 부드러운 호밀이었습니다. 게다가 혈당을 낮추는 호밀의 효능도 기특했습니다.

설을 지낸 뒤 2월 어느 날, 마을 형님인 홍순영 농부께 호밀 이야기를 자랑스레 드렸는데 형님도 아는 호밀이었습니다. 바로 그의 호밀이었거든요! 기쁨이 더할 수 없었습니다.

흑맥주
호밀 천연 효모빵

이웃이 직접 빚은 흑맥주와 홍순영 농부의 호밀로만 발효한 천연 효모빵,
반죽 무게만 1.4kg으로 고대 방패 같았습니다. 덴마크인 친구네 식사빵으로
구웠는데 우리 호밀 맛을 보여 드리고 싶었어요. 흑맥주 특유의 달콤함과
쌉쌀함이 흙냄새 머금은 호밀에 어우러져 더욱 근사해요. 어머니께서 한국
음식이 맞지 않아 식사를 통 못 하신다 해서요. 같이 전한 산딸기 잼과 발효
버터를 곁들여 모처럼 편히 드셨다 해서 정말 다행이었습니다.
다크초콜릿 맛이 나는 우리 호밀빵을 제일 맛있게 먹는 방법은 얇게 잘라
그 자체의 맛을 즐기는 것입니다. 다음으로는 향기로운 꿀과 버터를 곁들
이거나 경질치즈와 살라미를 올려 먹어도 좋습니다.

✤✤✤ 천연 효모 흑맥주 호밀빵 재료입니다

호밀 300g, 호밀종이 있다면 100g 준비하고 없다면 인스턴트 이스트 5g도 괜찮습
니다. 자가 양조 흑맥주 200g을 넣었지만 이것도 시판 흑맥주로 대체 가능하고요,
소금 5g이면 준비 끝입니다.

호밀의 건조 상태에 따라 흑맥주 양을 가감합니다. 수입산 호밀의 경우 밀가루 중
량 대비 90% 이상의 맥주가 필요할 수 있습니다. 반죽의 알맞은 되기는 점토를
빚듯 말랑말랑한 정도입니다.
직화빵에 필요한 도구는 뚜껑이 있는 무수분 냄비나 무쇠팬, 내부 석쇠입니다.
팬의 본체를 뚜껑으로 하고 뚜껑을 아랫면으로 하면 반죽 넣기에 좋습니다.

✤

하나, 흑맥주에 호밀종(또는 이스트)을 풀고 모든 재료를 넣고 한 덩어리로 섞어요. 가볍게 조물조물 둥글려 윗면이 마르지 않게 하여 두 배 이상 부풀 때까지 1차 발효합니다.

둘, 가볍게 둥글려 가스를 살짝 빼고 슬쩍 한 덩어리로 둥글리세요. 기본 발효를 마쳤으니 부드럽게 합니다. 윗면을 아래로 하여 발효통이나 천에 앉히고 2차 발효를 합니다.

셋, 약 1.3-1.5배 부풀면 무쇠팬의 뚜껑과 본체를 동시에 10여 분 가열합니다. 예열을 마치면 테프론 시트 위에 반죽을 조심스레 뒤집어 얹고 3분 전후 기다립니다. 호밀빵 특유의 크랙이 벌어지면 테프론 시트 양끝을 잡아 반죽을 무쇠팬 안에 넣고 뚜껑을 닫아 주세요. 마지막으로, 10여 분 정도 굽다가 불을 낮추고 본체와 뚜껑을 뒤집어 10분 정도 더 구워 주세요.

오븐에서 구울 때는 210-220℃ 예열한 오븐에서 40여 분 안팎으로 굽습니다. 뒤집어 두들겨 보았을 때 통통 맑은 소리가 나지 않는다면 온도를 180℃까지 내려 10여 분 더 구워 주세요.

☩

오븐 없이도, 직화빵 굽기

1. 뚜껑이 있는 두꺼운 팬을 위아래 동시에 예열합니다.

2. 예열되면 바닥 팬 안에 철망(이너 석쇠)을 깔고 반죽을 앉힌 뒤, 뚜껑을 꼭 닫습니다.

3. 가능하면 뚜껑 위에 무거운 팬을 하나 더 올려 압력을 줍니다.

4. 10여 분 전후로 익는 냄새가 나면 조심스레 뚜껑을 열어 상태를 보고,

5. 윗색이 나지 않았다면 윗면까지 잘 익지 않을 수 있으니 오븐에서(있다면) 마저 구워 주세요. 오븐이 없을 때는 위아래 팬을 바꿔 윗면까지 더 굽습니다.

텃밭 당근
멥쌀 케이크

아침에 캔 당근으로 멥쌀 케이크를 구웠습니다. 기운 나는 맛입니다! 당근 케이크는 야채 수분이 있어 충분히 구워야 맛있습니다. 팬은 깊은 팬보다 나지막한 팬이 속까지 잘 구워집니다. 또는 종이컵에 나눠 구우면 한 사람 분 간식 머핀으로도 참 좋습니다. 얼어붙은 흙 속의 당근을 떠올리며 매년 이맘때면 구워야지 혼자 중얼거렸어요.

❀❀❀ 당근 쌀케이크에 필요한 재료입니다

15cm 낮은 팬 1개와 종이컵 1개, 또는 12×5cm 원형 케이크 팬 2개를 준비해 주세요. 165℃, 40분 전후로 굽습니다.

재료는 고운 건식 멥쌀가루(없으면 우리밀가루) 150g, 당근 150g, 유정란 3개, 비정제 설탕 60g, 포도씨유 40g, 소금 1g, 무가당 요거트 120g, 베이킹파우더 5g입니다.

❀❀❀ 케이크를 만들어 볼까요

팬 안에 유산지나 종이호일 속지를 앉힙니다. 당근은 동그란 단면을 1-2mm 간격으로 잘라 아주 곱게 채 썹니다. (멥쌀가루를 집이나 방앗간에서 직접 낸다면 물을 먹이지 않는 건식으로 하고 제품으로는 쇼핑몰 등에서 '박력 쌀가루'를 쌀 100% 인지 확인하고 구입하세요.)

먼저 볼을 두 개 준비하고요. 달걀을 분리해 넣고 흰자 볼은 되도록 차갑게 합니다. 흰자 볼에 노른자가 조금이라도 섞이면 거품이 잘 나지 않으니 조심하고요.

하나, 노른자를 풀어준 뒤에 요거트를 넣고 고루 섞어 줍니다.

둘, 오일을 넣고 거품이 많이 나지 않게 잘 섞다가

셋, 쌀가루와 베이킹파우더를 체 쳐 넣고 손거품기로 덩어리 없이 가볍게 섞어요.

넷, 차가운 흰자 볼에 설탕을 두 번 나눠 넣으며 끝이 살짝 휘어지나 힘이 있고 매끄러운 거품을 냅니다.

다섯, 반죽에 흰자 거품을 반 주걱 넣고 골고루 섞어요. 남은 흰자 거품도 두 번에 나눠 넣으며 섞어 줍니다. 리본처럼 매끄럽게 차곡차곡 접히는 반죽이에요.

여섯, 채 썬 당근을 넣고 가볍게 섞어요.

일곱, 반죽은 팬 높이 70% 쯤 넣습니다. 팬을 들었다가 아래로 가볍게 두어 번 내리치며 반죽 큰 거품을 고르고요. 남은 반죽은 종이컵 팬에 담아도 됩니다.

마지막으로 165℃ 오븐에 20분 굽다가 130℃로 내려 20분 정도 완전히 굽습니다.

✢

월인정원의 야생 효모빵

야생 효모를 길들인다는 것은 제멋대로 자라난, 버릇 하나 없이 거칠고 생생한, 단 한 번도 알지 못해 어쩔 줄을 모르겠던, 쌩 하고 날카로운, 야생의 빵 맛.

2009년 겨울, 소나무의 껍질, 솔방울, 찔레꽃 열매, 망개열매, 녹차잎… 이들을 발효시켜 첫 야생 효모빵을 구웠습니다. 책 속 한 구절 덕분이었어요. 빵 효모는 공기 중에도 떠다니며 특히 나무와 과일, 곡물 껍질 등에 많이 붙어 있다고요. 그래서 직접 채집하여 야생 효모를 키워 보고 싶었습니다. 어디서도 실제 듣거나 보지 못했지만 자연스러운 빵이란 애초부터 복잡하지는 않으리라 생각해요.

매일같이 산책하는 숲에서 조금씩만 채집하여 물과 한 며칠간 발효했어요. 속도는 느렸지만 분명 효모들이 자라나며 움직이고 있었습니다. 그리고 마침내 야생 효모가 부풀린 빵 한 덩어리가 태어났어요. 오늘도 이어지는 월인정원의 천연 효모빵은 이로부터 왔습니다.

로즈 카렌듈라 크림과
항염 연고

우리는, 조건과 환경이 도착하길 기다리기 보다는, 그저 이 조그마한 씨앗
으로부터, 그저 손바닥만 한 흙으로부터, 부디 지금 시작할 수는 없을까.
저는 얇고 건조한 피부의 알레르기 체질이랍니다. 도시에서는 수입 유기농
크림을 썼는데 시골에 갓 이사 와서는 직접 만들어 썼어요. 생각보다는 다
섯 배는 더 좋았습니다! 농도, 발림, 보습, 향기 모두 말이에요. 10여 년이 지
난 지금은 피부가 적응했는지 게을러진 건지, 아님 둘 다인지 크림도 잘 바
르지 않고 겨울을 나지만, 월인정원의 크림, 특히 항염 연고는 피부가 예민
한 분께 진심으로 권해 드립니다.

크림과 로션은 친유성 물질인 유상층과 친수성 물질인 수상층, 그리고 이 둘이 섞이도록 도와주는 유화제를 섞어 만듭니다. 수상층 비율이 높으면 가벼운 로션, 유상층 비율이 높으면 묵직한 크림이 된답니다. 로션은 유상 층을 10-20%, 수상층 70-85%, 유화제 5-10% 비율로 섞는데요, 지성피부 라면 유상층을 10% 미만으로 하고 수상층은 85-90%, 유화제는 3% 비율 인 산뜻한 로션을, 건성피부라면 유상층 20-30%, 수상층 65-75%, 유화제 3-5%, 그리고 필요하다면 수상층 비율을 낮추고 글리세린을 5-10% 넣어 보습력 있는 로션으로, 피부 타입에 맞춰 만들 수 있습니다.

더 밀도 있는 크림을 원한다면 유상층 30%, 수상층 65%, 유화제 5% 비율로 만듭니다. 이때는 글리세린을 10% 정도 넣고, 수상층은 그 비율만큼 줄여 주세요.

참고로 세 가지 베이스 오일을 써 보니 라벤더는 무난하여 어떤 피부든 좋 고 카렌듈라는 건성과 민감성 피부, 페퍼민트는 시원하고도 강해서 풋밤이 나 핸드크림으로 추천합니다.

❧❧❧ 로션과 크림 만들 때 필요한 기본 도구입니다

내열 용기 2개, 빈 용기, 온도계, 전자저울이 필요하며, 용기 소독을 위한 소독용 알코올은 분무기에 넣어 준비합니다.

❧❧❧ 로즈 카렌듈라 크림에 필요한 재료입니다

필수 재료는 카렌듈라 인퓨즈드 오일 60g(라벤더 오일 20g 포함), 장미꽃 수액 130g(또는 수액 120g과 글리세린 10g), 천연 올리브 왁스 10g입니다. 장미꽃 수 액은 말린 장미잎과 증류수를 1:20의 비율로 우려 만듭니다.

첨가제는 선택사항으로 각자 필요한 성분을 더하면 됩니다. 뒤에 좀 더 설명을 붙

였으니 참고하시고요. 세틸알코올 1g, 천연 보존제 2g, 프로폴리스 4g, 천연 로즈 왁스 4g(장미꽃잎 약 70송이), 라벤더 에센셜 오일, 로즈우드 에센셜 오일, 제라늄 에센셜 오일을 준비합니다. 30ml 튜브 약 3개 분량입니다.

❀❀❀ 먼저 수상층을 준비합니다

증류수 또는 좋아하는 차를 우려 준비합니다. 차는 한 번 끓였다 살짝 식힌 증류수에 녹차나 뽕잎차, 허브차, 한방차 등을 차망에 넣고 30분 이상 우립니다. 이번에는 차 대신 향이 좋은 장미꽃 수액을 준비했는데 장미꽃잎과 물을 1:20 비율로, 겨울이라 하루 푹 담가 두었어요.

보습 효과가 있는 글리세린도 수상층과 같이 계량합니다. 글리세린은 공기 중의 수분을 끌어당기는 성질이 있는데 10% 이하로 사용해야지, 그 이상이면 도리어 건조해져요.

❀❀❀ 다음은 유상층을 준비합니다

유화제인 왁스 종류도 유상층으로 오일과 함께 계량합니다. 납작한 조각이 올리브 왁스, 갈색 작은 덩어리가 로즈 왁스입니다. 천연 올리브 유화 왁스는 유화제 중에서도 피부와 흡사한 구조로 가장 안정적이라 해요. 보습 효과가 좋아 아토피나 민감성 피부에 도움이 됩니다. 그 외 유화제로 이멀시파잉 왁스, 몬타 왁스, 비즈 왁스 등이 있어요. 저는 카렌듈라(금잔화) 꽃잎을 틈틈이 말려 올리브 오일에 6개월

 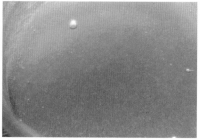

이상 침출하였습니다. 아토피나 민감성 피부에 좋다는 고가의 카렌듈라 크림이 궁금했거든요.

❀❀❀ 수상층과 유상층을 각각 중탕하여 65-70℃로 데웁니다

수상층을 유상층에 붓고 거품이 일지 않도록 천천히 5분 정도 저어 줍니다. 저을수록 점점 걸쭉해져요. 온도가 45℃ 이하로 떨어지면 천연 보존제와 허브 에센스를 넣어요. 온도가 그 이상이면 약효와 향기가 사라지거든요.

크림으로 만들기 위한 도구는 가장 간단하게는 숟가락, 우유 거품 내는 미니 휘핑기, 요리용 도깨비 방망이 등을 씁니다. 물론, 전동식이 더 풍부하고 단단한 크림을 만들 수 있어요.

 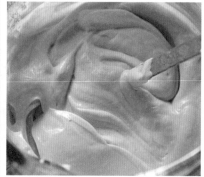

굳기 전에 알코올 소독한 용기에 담습니다. 바로 쓸 수도 있지만 2-3일간 숙성시켜 쓰면 더욱 좋지요. 냉장보관하고 튜브에 넣을 땐 일회용 주사기가 편합니다.

❀❀❀ 자작나무 라벤더 크림 재료

같은 방법으로, 재료 배합만 바꾸면 여러 가지 크림을 만들 수 있답니다.

필수 재료는 라벤더 인퓨즈드 오일 60g(카렌듈라 오일 20g 포함), 자작나무 수액 130g(수액 120g + 글리세린 10g), 천연 올리브 왁스 10g입니다.

선택사항인 첨가제는 세틸알코올 1g, 천연 보존제 2g, 프로폴리스 4g, 라벤더 에센셜 오일, 유칼립투스 에센셜 오일, 페퍼민트 에센셜 오일, 티트리 에센셜 오일, 라임 에센셜 오일입니다.

❀❀❀ 천연 크림 만들 때 알아두면 좋은 것들

천연 크림이나 로션 등을 만들 때 오일, 수액, 왁스 종류는 자유롭게, 자기에게 잘 맞는 향과 성분으로 고릅니다. 그 외에 선택사항인 첨가제는 아래의 기능과 비율을 참고하세요.

세틸알코올: 코코넛 추출, 유화제, 0.5-1%천연 보존제: 한약제 추출, 방부 효과, 2%프로폴리스: 벌집 추출, 항균, 항산화, 항염증, 2-6%허브 에센셜 오일: 약용과 아로마테라피, 0.3-1%

원료와 첨가제, 도구 등은 천연 화장품 쇼핑몰 등에서 쉽게 구할 수 있답니다. 천연 크림을 만들면 잊지 않고 제조일을 써 붙이세요. 약 3℃ 기준 냉장온도에서는 보통 3개월 전후가 최장 유통기한이며 천연 보존제 등을 쓴다면 6개월까지 가능합니다. 천연 보존제는 자몽씨추출물, 식물성알코올(보드카), 비타민A, C, E(약 1%) 등이 있습니다.

✦

항염 연고와 풋밤도 만들어요!

항염 연고, 풋밤, 립밤 등 단단한 제형을 만들 때는 오일, 버터, 왁스를 7:1:2 또는 6:2:2로 혼합하는 것이 기본입니다. 여기에 필요하면 유연성을 더하는 식물성 오일은 50-70%, 보습 효과의 식물성 버터는 20-30%, 경화를 돕는 고체 왁스는 10-25% 범위 안에서 조절합니다. 세 가지 중 버터나 오일은 생략할 수도 있는데요, 버터와 왁스만으로 4:1, 또는 오일과 왁스만으로 5:2의 비율로 만듭니다. 왁스는 여름엔 25-30%, 그 외는 20-25%, 단단한 질감이 좋다면 25% 정도가 무난합니다.

항염 연고에는 카렌듈라를 베이스 오일로 티트리, 페퍼민트, 로즈메리 등 항염, 항균, 조직 재생에 좋은 에센셜 오일, 그 외에도 염증에 특히 좋다는 푸른 캐모마일 저먼을 써보았습니다.

풋밤은 시원한 느낌을 주는 페퍼민트 인퓨즈드 오일을 마지막에 한두 방울 떨어뜨리면 된답니다. 발에 쓰이니 재료들을 같은 비율로 두세 배 늘리고, 넓은 통에 넣어 보관합니다.

겨울 숲 쿠키 벽화

어느 가을, 산책 중에 발을 접질려 깁스를 하고 말았습니다. 그리고 두 달 만에 다시 두 발로 산책을 했습니다. 개울과 나무, 그 숲 풍경이 얼마나 보고 싶었는지 모릅니다.

생강 쿠키를 구웠는데 귀여워서 먹지도 못하고 나뭇가지에 걸어두자 싶어서, 바구니를 들고 하나씩 모아가며 뒤뚱거렸습니다. 두 다리로 힘껏 대지를 딛는다는 것, 우뚝 선 폐로 맘껏 대기를 호흡한다는 것, 그럴 수 있다면 이미 행운 속에 사는 것입니다.

개울을 만지니 개울의 기운, 환영과 인사 그리고 사랑이 흘러 들어옵니다. 저도 인사드립니다. '고맙습니다. 그대가 축복입니다. 저의 행복이 비로소 온전합니다.' 개울은 단지 웃습니다.

노모가 모아 주신 편백 가지와 찔레열매에 쿠키를 엮어 주었습니다. 제각 각 온 곳도 삶도 달랐지만 때가 되니 하나로 이어집니다. 툰드라 순록 쿠키와 나뭇가지와 겨울 열매로 창문을 꾸몄습니다. 물론, 겨울 케이크도 빠질 수 없어요. 그리고 설탕 없이 사과파이도 구웠습니다. 작업을 마치고 따스한 이불을 목까지 덮고 쉽니다.

동굴처럼 아늑하고, 겨울인데 먹을 것도 아직 떨어지지 않았고 동물들과

숲도 눈 앞에 펼쳐집니다. 이제야 원시인들의 동굴벽화를 나의 시간으로 이해합니다. 함께 했던 숲과의 일들이 하나같이 또렷해집니다. 나의 가슴 속에도 겨울 벽화로 새겨집니다. 이처럼 언제나 볼 수 있길. 언제나 함께 하기를.

☦

얼음 개울의 노래

애틋한 개울도 얼고 그렇지만,
흐르는 개울물의 의지.
숲의 사랑.

그믐달 검은 숲 케이크

한 해 마지막 깊은 밤, 검은 숲 케이크로 새해를 맞았습니다. 아련하나 끝의 시작인 그믐달 아래 눈 내리는 숲을 가족들과 보고 싶었습니다. 이윽고 새 날 새 시, 체리와 초콜릿의 검은 숲 케이크에 촛불을 켜자 별들이 반짝입니다. 빛에 바람을 실어 우리 모두 불어봅니다. 올해도 사랑하고 건강하기를. 빛은 어두울수록 길이 되듯 아무리 힘들어도 빛을 품고 나아가길.

epilogue · 다시 봄

겨울잠에서 깨는 밀 싹,
새 봄을 안고

🍃 다시 파종의 시간

초록색 대문 너머로 풋풋한 밀 싹이 발돋움 합니다.

"이 선생! 지금 교회 건너 앞들에서 밀을 뿌리오" 농부의 짤막한 전화에 후다닥 뛰어나가 사진을 찍고 뵌 김에 밀농사도 여쭙습니다. 따님 진주 씨도 종종 마실 오고 저도 빵 바구니를 들고 총총 마실 합니다.

작업장은 언덕 위에 있지만 나지막하고 마을과도 조금은 떨어져 있어 가끔은 세상의 외딴곳에 속한 것 같습니다. 도시의 후배들도 한 달에 한 번은 밀들을 보러 옵니다. 품종별로 흩어진 밀밭을 기록하고 마을 산책도 하다가 저녁에는 따순 밥 한 끼 지어 먹습니다.

제게 가장 아름다운 파종의 기억은 두 해 전, 고대밀 밭입니다. 이윽고 황금빛 노을이 내려앉으며 개와 늑대의 시간이 찾아왔습니다. 세상의 경계가 사라지며 후배들의 경쾌한 발걸음 아래로 밀씨가 사뿐, 들에 안겼어요. 내게는 밀씨가 밀씨를 이어가는 모습이었습니다.

밀알에서 햇밀빵으로 순환하는 농가밀은 그 작업자의 환경이자 바람입니다. 밀을 키우는 농부, 그 밀로 빵을 굽는 사람, 그들의 자식이자 비전인 빵은 자연스레 닮아 있습니다. 공명하는 성질은 서로를 당기며 모여듭니다.

🍃 밀의 성장

하루가 사흘이면 싶은 삶 속에서도 해 보고 싶은 일을 하기 보다는 해야 할 일이 전부였습니다. 물론 스스로 얹고 짊어진 책임과 숙제입니다. 가장 먼저는, 우리밀빵 교사가 된 일입니다. 졸업반 학생들과 한번씩 나눈 이야기는 제 자신과의 약속이자 다짐이기도 했습니다.

"그대들이 우리밀빵으로 생계를 잇고 자리를 잡아 더는 학생이 아닐 때면, 그날에 저는 다시 한 명의 작업자로 돌아가고 싶습니다."

그 시간만큼 그이들의 성장과 도약은 놀랍습니다. 우리밀빵 온라인 작업실 '마을에빵' 카페도 열 살이 되었습니다. 이제는 먼저 길을 내는 선배와 오늘도 따라 걷는 후배가 있습니다. 이윽고 한길에서 만나 친구, 동료가 되지요. 좁지만 마침내는 넓어지는 길이라 생각합니다. 그처럼 되어 가는 실력과 진심이라 믿습니다.

🍃 근원으로

농가밀빵 아카데미를 마치며 더는 무엇을 할 수 없었습니다. 있는 힘을 다 쓴 탓입니다. 그런 처지에서도 가만히 될 수 있는 것이 하나는 있었습니다. 빵은 다시 반죽이 될 수 없지만 흙으로 되돌아갈 수 있습니다. 우리는 자신의 경험에서 가장 소중한 스승을 만나며 일상의 수고를 통해 최상의 동료를 만날 수 있습니다. 꿈을 이루는데 가장 알맞은 때란 없다고 생각합니다. 단지 수많은 선택과 결정이 있습니다. 아차, 놓쳐도 걱정 마세요. 일어날 일은 일어납니다.

부엌에서 밀밭을 물끄러미 마주보다 빵 효모를 깨워 밀과 물을 챙겨 줍니다. 이내 포로롱 기지개를 폅니다. 물의 신비에 갇힌 반죽은 스스로 수백 도의 불길을 걸어 나와야 비로소 세상의 가치가 됩니다. 있는 모든 힘을 다해 자신의 한계와 범주를 뛰어넘습니다. 그리고 전혀 다른 질로 건너갑니다. 먹을 수 없는 반죽이 황금빛 빵으로 도약하는 모습은 일상의 연금술 같습니다. 생명을 살리는 이, 밀의 가장 아름다운 것. 이러한 의지는 어디에서 오는 것일까, 빵을 구울 때마다 생각해 보지만 아마도 반죽이 되기 전의 각인일지도 모릅니다. 들에서 흙에서 씨앗에서 엄마 밀의 몸 안에서 성장하고 나눠지고 그래서 이어지는 생명의 황금률.

🍃 밀의 귓속말

수련과 별이 도시로 간 지도 한 해가 다 되어갑니다. 둘 다 노환이 깊어져 전문병원이 필요해졌어요. 동생들이 아늑한 집을 꾸려서 정성껏 돌보고 있답니다. 그녀들을 생각하면 가슴 한가운데서부터 살포시 등불이 일렁입니다. 내내 따스한 가장 예쁜 불빛입니다. 그렇게 깨닫습니다. 서로를 사랑하기에 부족함이 없었음을요.

겨울이 오는 들에 안긴 나는 포시시 덮인 흙 아래에서 빛과
어둠과 비와 바람을 만지며 조금씩 땅 위로 싹을 틔우죠.
눈이 내려도 조그만 나는 더운 숨으로 얼음도 녹이겠지요.
새봄이 오고 있어요. 한 해도 어김없는 약속.
바로 끝의 시작이지. 밀이 빵에게 속삭입니다. ●

도서출판 남해의봄날 로컬북스 18
이웃한 도시라도 자세히 들여다보면 서로 다른 자연과 문화, 아름다움을 품고 있습니다.
독특한 개성을 간직한 크고 작은 도시의 매력, 그리고 지역에 애정을 갖고 뿌리내려 살아가는
사람들의 이야기를 남해의봄날이 하나씩 찾아내어 함께 나누겠습니다.

월인정원,
밀밭의 식탁

초판 1쇄 펴낸날 2020년 5월 10일
초판 2쇄 펴낸날 2020년 6월 10일

지은이 이언화
편집인 장혜원책임편집, 박소희, 천혜란
마케팅 원숙영
디자인 Studio Marzan 김성미
종이와 인쇄 미래상상
펴낸이 정은영편집인
펴낸곳 남해의봄날, 경상남도 통영시 봉수1길 12, 1층
전화 055-646-0512
팩스 055-646-0513
이메일 books@namhaebomnal.com
페이스북 /namhaebomnal
인스타그램 @namhaebomnal
블로그 blog.naver.com/namhaebomnal

ISBN 979-11-85823-53-9 03810
© 이언화, 2020